Mayne Reid

Die wilde Jägerin

Roman

Mayne Reid

Die wilde Jägerin
 Roman

ISBN/EAN: 9783744606608

Hergestellt in Europa, USA, Kanada, Australien, Japan

Cover: Foto ©Andreas Hilbeck / pixelio.de

Weitere Bücher finden Sie auf **www.hansebooks.com**

Die wilde Jägerin.

Fünfter Band.

Die wilde Jägerin.

Ein Roman

vom

Capitain Mayne Reid,

Verfasser von: „Die Scalpjäger", „Die Freischaar", „Die Heimath in der Wüste", „Die Buschknaben", „Die Kriegsfährte", „Der Jägerschmaus", „Oceola", „Die Reise im Finstern".

Deutsch

von

A. Kretzschmar.

Fünfter Band.

Wurzen,

Verlags-Comptoir.

1861.

Erstes Kapitel.

—

Maranee.

Wir waren um die Butte herumgeritten und eben der wehklagenden Frauen ansichtig geworden, als Jemand zu Pferde aus ihrer Mitte heraus auf uns zukam.

Die Kleidung dieses Jemand verrieth, daß es ein weibliches Wesen war. Ich erkannte die Navajo-Schärpe und den Federreif als den von der wilden Jägerin getragenen Schmuck. Sie war es, welche sich von der Menge entfernte.

Hätte es noch eines andern Beweises bedurft, so hätte ich ihn in dem großen wolfsähnlichen Thier gesehen, welches ihr nachsprang und mit dem Galopp ihres Pferdes Schritt hielt.

„Schaut!" sagte ich. „Dort kommt Marian — Eure Marian!"

„Ja, sie ist es, so wahr ich lebe. In diesem seltsamen Costüm hätte ich sie vielleicht nicht erkannt, aber dies ist ihr Hund. Es ist Wolf! Den kenne ich zu genau."

„Wenn ich es mir recht überlege," sagte ich, „so glaube ich, es wird am Besten sein, wenn ich sie zuerst spreche und auf Euer Wiedersehen vorbereite. Was meint Ihr?"

„Ganz wie Ihr wollt, Capitain. Vielleicht ist es in der That so am Besten."

„Nun so reitet hinter den Wagen und wartet dort, bis ich Euch ein Zeichen gebe, hervorzukommen."

Meinem Wunsche gemäß trabte mein Kamerad zurück und verschwand hinter der weißen Leinwand- plane.

Ich sah, daß die Jägerin auf den Hügel zukam, und anstatt weiter, ihr entgegen, zu reiten, blieb ich auf dem Platze, wo wir Halt gemacht hatten.

Wenige Minuten reichten hin, um sie in meine Nähe zu bringen, und die imposante Schönheit dieses eigenthümlichen Wesens erschien mir jetzt in hellerem Glanze als je.

Sie war nach Indianerweise beritten. Ihr Sattel bestand in einem wilden Ziegenfell und ihr Steigbügel in einem einfachen Riemen, während die kecke Art und Weise, auf welche sie ihr Pferd hand-

habte, verrieth, daß, von welcher Art auch ihre
frühere Schule gewesen sein mochte, sie in der letzten
Zeit bedeutende Uebung in der Reitkunst gehabt haben
mußte.

Das Roß, auf welchem sie saß, war ein großer
kastanienbrauner Mustang, und während das feurige
Thier sich bäumte und über den Rasen sprang, hob
sich die prachtvolle Gestalt der Reiterin auf das
Vortheilhafteste hervor.

Sie trug noch ihre Kugelbüchse und war gerade
so ausgerüstet, wie ich sie am Morgen gesehen; da
sie aber jetzt das Feuer ihres Rosses theilte und
überdies durch die noch nicht beendeten aufregenden
Ereignisse erwärmt ward, so zeigte ihr Antlitz einen
Ausbruck, der durch die wilde Bravour, die ihn
charakterisirte, einen um so höheren Reiz gewann.

Sie hatte in der That das überschwengliche
Lob verdient, welches der junge Hinterwäldler so oft
an sie verschwendet. Zu Allem, was er ihr gesagt,
würde selbst der am schwersten zu befriedigende
Kenner seine Zustimmung gegeben haben.

Kein Wunder, daß Wingrove im Stande gewesen war, den Verlockungen der gezierten Sirenen
von Swampville zu widerstehen — kein Wunder,
daß Su—wa—nee ihm vergebens nachgestellt hatte.
Ja, diese wilde Jägerin war in der That eine

mächtig anziehende Erscheinung, die an Reizen die Göttin der Ephesier weit übertraf.

Nie hatte es eine bessere Gefährtin und Gattin für einen Jäger gegeben! Wohl konnte Wingrove sich freuen über die Aussicht, die sich ihm darbot.

Ihre Stimme erweckte mich aus meiner träumerischen Bewunderung.

„Ha, Fremdling," rief sie, indem sie ihr Pferd anhielt, „wie ich sehe, seid Ihr unversehrt. Also ist Alles gut abgelaufen?"

„Ich war in keiner Gefahr — ich hatte keine Gelegenheit, in das Gefecht zu kommen."

„Um so besser — es waren ihrer genug auch ohne Euch. Aber wie steht es mit Euern Reisegefährten? Sind sie noch am Leben? Ich komme eben, um mich nach ihnen zu erkundigen."

„Dank Euch und dem guten Glück sind sie noch am Leben — selbst der, welcher scalpirt worden und den wir für todt gehalten hatten."

„Ha! der Scalpirte ist noch am Leben?"

„Ja; er ist zwar schwer verwundet und hat Furchtbares erduldet, aber dennoch haben wir Hoffnung, daß er wieder genesen werde."

„Führt mich zu ihm! Ich habe mir unter meinen indianischen Freunden einige Kenntnisse und Uebung in der Heilkunde erworben. Laßt mich ihn sehen. Vielleicht kann ich ihm von einigem Nutzen sein."

"Seine Wunden haben wir schon verbunden und ich glaube, es wird sich vor der Hand Nichts weiter thun lassen. Dagegen habe ich noch einen andern Kameraden, welcher an Wunden anderer Art leidet, an Wunden, die nur Ihr allein heilen könnt."

"An Wunden anderer Art!" wiederholte sie, augenscheinlich verwundert über meine zweideutige Redeweise. "Von welcher Art sind denn diese Wunden, wenn ich fragen darf?"

Ich schwieg, ehe ich antwortete. Ob sie in Bezug auf den verborgenen Sinn meiner Worte eine Vermuthung hatte, wußte ich nicht. Wenn dem aber auch so war, so zeigte es sich doch nicht offen, sondern ward durch die folgenden Worte sehr schlau verhehlt.

"Während meines Verweilens bei den Utah's," sagte sie, "habe ich Gelegenheit gehabt, Wunden mancher Art zu sehen, und die Art und Weise gelernt, auf welche man sie zu behandeln hat. Vielleicht weiß ich auch für die Eures Kameraden Etwas zu thun. Aber sagtet Ihr nicht, nur ich allein könne sie heilen?"

"Ja, Ihr — nur Ihr allein."

„Was soll das heißen, Fremdling? Ich verstehe Euch nicht."

„Die Wunden, von welchen ich spreche, sind nicht im Körper."

„Wo denn?"

„Im Herzen."

„O, Fremdling, Ihr sprecht in Räthseln. Wenn Euer Kamerad im Herzen verwundet ist, entweder durch Kugel oder Pfeil —"

„Durch einen Pfeil ist es geschehen."

„Dann muß er sterben. Es wird keinem Menschen möglich sein, ihn zu retten."

„Euch aber ist es nicht unmöglich — Ihr könnt den Pfeil herausziehen — Ihr könnt ihn retten."

Durch den bildlichen Ausdruck mystificirt, sah sie mich einige Augenblicke lang schweigend an und ihre großen Gazellenaugen befragten mich.

So herrlich waren diese Augen, daß, wenn sie anstatt braun, blau gewesen wären, ich mir hätte einbilden können, es seien Lilian's. In Allem, bis auf die Farbe, sahen sie gerade so aus wie die der jüngern Schwester, so wie ich sie früher gesehen.

Bezaubert durch die Aehnlichkeit, schauete ich in sie hinein, ohne zu sprechen — so innig und so lange, daß sie sich leicht in der Bedeutung meiner Worte irren konnte. Vielleicht war dies auch der

Fall, und der purpurne Ring auf ihren Wangen schien sich zu erweitern, während gleichzeitig seine Farbe dunkler ward.

„Verzeiht mir mein Benehmen, welches Euch vielleicht unhöflich erscheint," sagte ich. „Mein Blick verweilte auf einer Aehnlichkeit."

„Einer Aehnlichkeit?"

„Ja — einer Aehnlichkeit, welche mich an die süßeste Stunde meines Lebens erinnert."

„Ich erinnere Euch also an eine Person?"

„Ja wohl."

„An eine Person, die Euch theuer gewesen ist?"

„Die es gewesen und noch ist."

„Ah! Und wem, Sir, habe ich das Glück, ähnlich zu sehen?"

„Einer Person, die auch Euch theuer ist — Eurer Schwester!"

„Meiner Schwester?"

„Ja, Eurer Schwester Lilian."

Zweites Kapitel.

—

Alte Erinnerungen.

Der Zügel entfiel ihren Händen — die Kugelbüchse sank auf den Hals des Pferdes und die Reiterin betrachtete mich mit sprachloser Ueberraschung. Endlich murmelte sie leise und gleichsam mechanisch die Worte:

„Meiner Schwester Lilian?"

„Ja, Marian Holt — Eurer Schwester."

„Ihr nennt meinen Namen! Wie könnt Ihr denselben erfahren haben? Ihr kennt meine Schwester?"

„Ja, ich kenne sie und liebe sie — ich habe ihr mein ganzes Herz geschenkt."

„Und sie — hat sie Eure Liebe erwidert?"

„Wollte Gott, daß ich mit Bestimmtheit Ja sagen könnte. Leider bin ich noch im Zweifel."

„Das ist seltsam. O, Sir, sagt mir, wer Ihr seid! Ich brauche nicht in Zweifel zu ziehen, was Ihr gesagt habt. Ich sehe, daß Ihr meine Schwester kennt und daß Ihr wißt, wer ich bin. Es ist wahr — ich bin Marian Holt — und Ihr — Ihr seid wohl aus Tennessee?"

„Ich komme direct daher."

„Aus dem Obion? Vielleicht —"

„Von Eures Vaters Klärung am Mud Creek, Marian."

„O, dies ist unerwartet — welch ein Glück für mich, Euch getroffen zu haben, Sir! Ihr habt also meine Schwester gesehen?"

„Ja."

„Wie lange ist es her, seitdem Ihr sie gesehen habt?"

„Kaum einen Monat."

„Erst seit so kurzer Zeit? Und wie sieht sie aus? Ist sie wohl und munter?"

„Wie sie sieht? Schön, Marian, wie Ihr selbst. Auch war sie wohl und munter, als ich sie das letzte Mal sah."

„Die liebe Lilian — wie freue ich mich, zu hören, daß sie wohl ist, und schön ist sie, das weiß ich — sehr, sehr schön. Ach, von mir sagte man es auch, aber ich habe mein gutes Aussehen in der

Wildniß verloren. Ein Leben wie das, welches ich
führe, benimmt den Wangen eines Mädchens sehr
bald den milden Glanz. Aber Lilian! O Sir,
erzählt mir von ihr! Ich sehne mich, von ihr zu
hören — sie zu sehen. Es sind erst sechs Monate
her, und dennoch ist es mir, als hätte ich sie seit sechs
Jahren nicht gesehen. O, wie sehne ich mich, sie in
meine Arme zu schließen — ihr schönes goldenes
Haar um meine Finger zu wickeln — in ihre blauen
unschuldigen Augen zu schauen!"

Welchen Wiederhall fanden diese Worte in meinem Herzen!

„Die gute kleine Lilian! Ach, ich nenne sie
klein, vielleicht aber ist sie es nicht mehr. Sie muß
mittlerweile gewachsen sein — sie muß so groß geworden sein wie ich."

„Beinahe."

„Sagt mir, Sir, sprach sie von mir? O, sagt
mir — was sagte sie von ihrer Schwester Marian?"

Die Frage ward in einem Tone gestellt, welcher
Unruhe verrieth. Ich überließ die schöne Jägerin
nicht der Qual der Ungewißheit, sondern wiederholte
rasch die liebevollen Ausdrücke, welche ich von Lilian
zu ihren Gunsten gehört.

„Die gute, freundliche Lilian! Ich weiß, daß
sie mich eben so sehr liebt als ich sie — wir hatten

keinen andern Umgang — Jahre lang — Niemanden als unſern Vater. Und was macht mein Vater? — iſt er wohl?"

Es lag eine gewiſſe Zurückhaltung in dem Tone dieſer Frage, welcher ſich von dem, in welchem ſie von ihrer Schweſter geſprochen, auffallend unterſchied. Ich wußte auch recht wohl, weßhalb.

„Ja," antwortete ich, „Euer Vater iſt auch wohl."

Es trat eine kurze, verlegene Pauſe ein. Ich beſann mich auf eine Frage, welche dieſer Pauſe ein Ende machte.

„Giebt es vielleicht noch Jemanden, über den Ihr Auskunft zu haben wünſcht?"

Ich ſchauete ihr in die Augen, während ich dieſe Frage ſtellte. Die Röthe ihrer Wangen ſchwand und kam wie die wechſelnden Farben des Chamäleons. Ihre Bruſt hob und ſenkte ſich in krampfhaften Athem=zügen, und trotz einer augenſcheinlichen Anſtrengung, ſich zu bezwingen, entſchlüpfte ihr doch ein hörbarer Seufzer.

Dieſe Anzeichen waren genügend. Ich bedurfte keiner weitern Beſtätigung meines Glaubens. In dieſer Bruſt lebte eine Erinnerung, die an Intereſſe die Erinnerung an Schweſter und Vater weit übertraf. Die dunkle Röthe der Wange, das raſche Wogen

des Busens, der halb unterdrückte Seufzer waren
offenkundige Beweise. In Marian Holt's Herzen
lebte das Bild des schönen Jägers — Franc Wingrove — tief und unvertilgbar eingegraben.

„Warum stellt Ihr diese Frage?" entgegnete sie
endlich im Tone erzwungener Ruhe. „Wißt Ihr
Etwas von meiner Geschichte? Ihr scheint Alles zu
wissen. Hat Jemand von mir gesprochen?"

„Ja — oft — Jemand, der nur an Euch
denkt."

„Und wer, wenn ich fragen darf, nimmt dieses
seltsame Interesse an einer armen Verstoßenen?"

„Fragt Euer eigenes Herz, Marian, oder wünscht
Ihr, daß ich ihn nenne?"

„Nennt ihn!"

„Franc Wingrove!"

Sie erschrak nicht. Sie mußte diesen Namen
erwartet haben, weil kein anderer erwähnt werden
konnte. Sie zuckte nicht zusammen, obschon in dem
Ausdrucke ihres Gesichts eine unverkennbare Veränderung bemerkbar war. Eine leichte Umwölkung der
Stirn, von Blässe der Wangen und Zusammen-
pressen der Lippen begleitet, verrieth Schmerz.

„Franc Wingrove," wiederholte ich, als ich sah,
daß sie noch immer schwieg.

„Ich weiß nicht, warum ich Euch aufforderte,

ihn zu nennen," sagte sie, immer noch den strengen Ausdruck beibehaltend. „Jetzt, wo ich es gethan habe, bereue ich es. Ich hatte gehofft, seinen Namen nie wieder zu hören. Ich hatte ihn in der That beinahe vergessen."

Ich glaubte nicht an die Aufrichtigkeit dieser Behauptung. Es lag in dem Tone, mit welchem sie ausgesprochen ward, Etwas, was sie Lügen strafte. Nur die Lippen sprachen, aber das Herz wußte Nichts davon.

Es war ein Glück, daß Wingrove nicht nahe genug war, um diese Worte zu hören. Sie wären sein Todesurtheil gewesen.

„Ach, Marian!" sagte ich in bittendem Tone, „er hat Euern Namen nicht vergessen."

„Wahrscheinlich nennt er denselben, um sich damit zu rühmen?"

„Nein — sagt vielmehr: unter Klagen und Seufzen."

„Er klagt? Wohl weil es ihm nicht gelang, mich zu betrügen?"

„O nein, o nein! — Er ist Euch treu geblieben."

„Das ist nicht wahr, Sir. Ihr wißt vielleicht nicht, daß ich selbst Augenzeugin seiner niedrigen Verrätherei war. Ich sah ihn —"

„Was Ihr sahet, war ein rein zufälliger Umstand, den er nicht herbeigeführt. Es war die Schuld
der Chickasaw, das kann ich Euch versichern."

„Ha! ha! ha! ein zufälliger Umstand!" entgegnete sie mit verächtlichem Gelächter. „In der
That, ein merkwürdiger Zufall. Es war offenkundige Verrätherei, Sir. Ich sah selbst, wie er
seine Arme um sie schlang — mit meinen eigenen
Augen sah ich es. Welchen weiteren Beweis bedurfte
ich von seiner Treulosigkeit?"

„Ich weiß, was Ihr sahet, aber —"

„Ich sah nicht blos, ich hörte auch von seiner
Treulosigkeit. Erzählte sie es nicht selbst in Swampville und anderwärts? Rühmte sie sich nicht damit
gegen meine eigene Schwester? Noch mehr! Auch
noch ein Anderer war Zeuge seiner schändlichen Handlungsweise und hatte ihn oft in der Gesellschaft der
Indianerin gesehen. Ha! er ahnte, während er im
Walde mit seiner rothhäutigen Squaw tändelte, nicht,
daß die Erde Ohren hat und daß die Bäume Zungen
haben. Das ließ der Betrüger sich nicht träumen."

„Schöne Marian, dies sind elende Verleum-
dungen, und wer sie ausgesprochen, hat es gethan,
um Euch zu hintergehen. Wer, wenn ich fragen
darf, war jener andere Zeuge, der Euch so irre
geleitet hat?"

„O, darauf kommt jetzt Nichts an. Es war ein Schurke, wie er — ein Mensch, welcher — O Gott, ich kann Euch die furchtbare Geschichte nicht erzählen — sie ist zu schwarz, als daß ihr Jemand Glauben schenken könnte."

„Nein, erzählt sie mir nur. Halb kenne ich sie schon — aber es giebt einige Punkte darin, die ich näher erklärt zu sehen wünsche — um Euretwillen — um Wingrove's willen — um Eurer Schwester willen."

„Um meiner Schwester willen? Wie kann sie dabei betheiligt sein? Erklärt Euch, Sir!"

Ich suchte dem auf mich gehefteten begierig fragenden Blicke auszuweichen. Ich war noch nicht vorbereitet, auf diese Erklärung einzugehen.

„Bald," sagte ich, „sollt Ihr Alles erfahren, was seit Eurer Abreise aus der Heimath geschehen ist, aber erst erzählt mir von Euch selbst. Ihr habt es mir versprochen. Ich frage nicht aus Beweggründen eitler Neugier. Ich habe Euch meine Liebe zu Eurer Schwester offen gestanden. Diese ist es, was mich hierher geführt hat, und was mich treibt, Euch zu befragen."

„Alles Dies ist mir ein Räthsel," entgegnete die Jägerin mit einem Blicke, der außerordentliche Verwirrung und Aufregung verrieth. „In der That,

Sir, Ihr scheint Alles zu wissen — mehr als ich — in Bezug auf mich aber, glaube ich, seid Ihr uneigennützig und ich werde daher bereitwillig jede Frage beantworten, die Ihr an mich richtet. Sprecht weiter. Ich werde Nichts verheimlichen."

„Ich danke Euch," sagte ich. „Ich glaube, ich kann Euch versprechen, daß Ihr keinen Grund haben werdet, Euer Vertrauen zu bereuen."

Drittes Kapitel.

——

Die Beichte.

Ich war in Bezug auf den Beweggrund ihrer Fügsamkeit nicht ohne Argwohn — ja, ich durchschaute denselben. Trotzdem daß sie die Wahrheit meiner Vertheidigung Wingrove's so entschieden in Abrede gestellt, sah ich doch, daß ich Eindruck auf sie gemacht hatte.

Ohne Zweifel hatte diese Vertheidigung angenehme Betrachtungen in ihr erweckt und mich indirect zu einem Gegenstande ihrer Dankbarkeit gemacht. Es war ganz natürlich, daß eine solche Freundlichkeit erwidert ward.

Meine Absicht, indem ich die schöne Jägerin beichten ließ, war eine zwiefache.

Erstens that ich es Wingrove's wegen, denn

trotz alles Dessen, was gesagt und gethan worden,
konnte ihre Liebe zu ihm erloschen sein.

Wenn dies der Fall war, so mußte ich, anstatt
die glückliche Wiedervereinigung zweier liebender
Herzen, die ich zu Stande zu bringen gehofft, zu
sehen, Augen= und Ohrenzeuge einer sehr peinlichen
Begegnung sein.

Wer kann die Geheimnisse in dem Herzen eines
Weibes lesen? Wer kann die so vielfach verschlungenen Irrgänge desselben verfolgen, eines Herzens
wie Marian's, welches so stolz und für die gewöhn=
lichen Regungen unserer Natur so unzugänglich war?

Es war in hohem Grade erzürnt und gereizt
worden. Wie konnte ich wissen, ob der Schlag, den
ihre Liebe erhalten, dieselbe nicht auf immer ent=
thront hatte? Ich glaubte dies nicht, wünschte aber
mir Gewißheit zu verschaffen, und diese ließ sich leicht
erlangen.

Dies war jedoch nur ein untergeordneter Zweck.
Von größerer Wichtigkeit war der andere — weil er
direct mit Lilian's Schicksale zusammenhing — näm=
lich die wahrscheinliche Gefahr, in welcher sie schwebte.
Die seltsame Geschichte des Trappers war es, was
meine Gedanken verbitterte. War die Mittheilung
gegründet?

Nur Marian konnte sie widerlegen oder bestätigen.

Ohne weiteres Zögern ging ich auf das Thema
ein. Ach, es war buchstäblich wahr.

„Und zwang Euer Vater Euch zu dieser Heirath?"

„Ja, er zwang mich dazu," antwortete Marian
zögernd.

„Und wißt Ihr, aus welchem Grunde?"

„Das habe ich nie erfahren können — der Mann
besaß eine gewisse Gewalt über ihn; aber wie und
auf welche Weise, wußte ich damals eben so wenig
als ich es jetzt weiß. Mein Vater sagte mir, es
handle sich um eine Schuld — um eine bedeutende
Summe, die er ihm schuldig sei und nicht bezahlen
könne. Ich weiß aber nicht, ob dies der wirkliche
Grund war. Ich hoffe es."

„Ihr glaubt also, Stebbins habe sich eines sol=
chen Mittels bedient, um die Zustimmung Eures
Vaters zu erzwingen?"

„Davon bin ich überzeugt. Mein Vater sagte
es. Er sagte, wenn ich Stebbins heirathete, so könne
ich ihn dadurch vor großer Schande bewahren, und
er bat mich mehr, es zu thun, als daß er mich zwang.
Ihr wißt, Sir — ich konnte nicht fragen, warum
— er war mein Vater. Ich glaube, es war nicht
sein Wunsch, daß ich diesen Mann heirathen sollte,
aber es drohte ihm Etwas."

„Wußte Euer Vater, daß die Trauung ein bloßes Possenspiel war?"

„Nein, nein, das glaube ich nicht. Ich bin vielmehr überzeugt, daß der Schurke ihn eben so betrog wie mich. O, mein Vater hätte dies niemals thun können. Die Leute hielten ihn, glaube ich, für schlimm, weil er so kurz gegen sie war und in rauhen, unfreundlichen Worten sprach, aber schlecht war er nicht. Er hatte Unglück erfahren und sich aus Unmuth darüber den Trunk angewöhnt. Er war gewisser= maßen menschenscheu und zuweilen feindselig gegen die Welt, gegen uns aber niemals. Gegen meine Schwester und mich war er stets gütig; niemals schalt er uns. Ach, nein, Sir, ich kann nicht glauben, daß er Etwas von diesem Betruge gewußt habe."

„Er wußte aber doch wohl, daß Stebbins ein Mormone war?"

„Ich habe mich bemüht, zu glauben, daß er Nichts davon gewußt habe, obschon Stebbins mir später so sagte."

Ich wußte, daß es ihm bekannt gewesen war, aber ich sagte Nichts.

„Daß Stebbins es sagte, beweis't noch Nichts," fuhr sie fort. „Wenn mein Vater auch Etwas davon wußte, so bin ich doch überzeugt, daß er keine Kennt= niß von der Schlechtigkeit dieser Menschen gehabt

hat. Es wurden allerlei Geschichten von ihnen er=
zählt, aber es gab auch Leute, welche diesen Geschich=
ten widersprachen und sagten, es sei pure Ver=
leumdung; so wenig weiß die Welt das Wahre von
dem Falschen zu unterscheiden. Später erfuhr ich,
daß selbst das Allerschlimmste, was gesagt worden,
die Wahrheit noch lange nicht erreichte."

„Aber Ihr mußtet natürlich Nichts davon, daß
er ein Mormone war?"

„O Sir, wie hätte ich das wissen können? Es
war ja Nichts davon gesagt worden. Er gab vor,
er wandere nach Oregon aus, wo schon Viele hin=
gegangen waren. Hätte ich die Wahrheit gewußt,
so würde ich lieber den Tod in den Wellen gesucht
haben als mit ihm gegangen sein."

„Im Grunde genommen aber würdet Ihr doch
dem Willen Eures Vaters in dieser Sache nicht
gehorcht haben, wenn sich nicht noch etwas Anderes
ereignet hätte. Auf seine Bitten hin gabt Ihr Eure
Einwilligung; aber wurdet Ihr nicht auch durch den
Vorfall bestimmt, der sich in der Waldlichtung
ereignete?"

„Ich habe gesagt, daß ich Nichts verheimlichen
wolle. Ja, als ich die Falschheit des Mannes ent=
deckte, welcher mir gesagt hatte, er liebe mich, da
war ich mehr wie von Sinnen — ich bürstete nach

Rache. Ich fragte kaum darum, was aus mir würde — wie hätte ich sonst mich dazu verstehen können, einen Mann zu heirathen, für den ich weder Liebe noch Zuneigung empfand? Im Gegentheile, ich möchte fast sagen, daß ich ihn verabscheute."

„Und den Andern liebtet Ihr, nicht wahr? Redet die Wahrheit, Marian! Ihr habt versprochen, es zu thun — Ihr liebtet Franc Wingrove, nicht wahr?"

„Ja."

Ein tiefer Seufzer folgte auf dieses Geständniß.

„Redet die Wahrheit noch einmal — Ihr liebt ihn immer noch, nicht wahr?"

„O, wenn er treu gewesen wäre — wenn er treu gewesen wäre!"

„Also, wenn er Euch treu geblieben wäre, könntet Ihr ihn auch jetzt noch lieben?"

„Ja, ja!" antwortete sie mit einer Innigkeit, die nicht mißzuverstehen war.

Glückliche Marian! welchen Gefahren bist Du entronnen! Du bist über das stürmische Meer gefahren und weißt nicht, wie nahe Du dem Hafen Deines vollkommenen Glückes bist. Wollte Gott, daß Lilian in gleicher Weise der Gefahr entrissen wäre!

Soll ich sie von der furchtbaren Lage ihrer

Schwester in Kenntniß setzen? Noch nicht, noch nicht!
Ehe diese Wolke kommt, möge sie einen Sonnenblick
genießen.

„Nun, dann liebt ihn, Marian; liebt ihn noch,
Franc Wingrove ist Euch nie untreu geworden!"

Ich zählte ihr nun die Beweise seines redlichen
Verhaltens von Anfang bis zu Ende auf. Ich hatte
jeden Umstand von Wingrove selbst erfahren und
war im Stande, mich auf das Ausführlichste darüber
auszusprechen. Ich sprach mit einem Eifer und einer
Wärme, als ob es meiner eigenen Sache gegolten
hätte, aber meine Worte fanden auch geneigtes Gehör
und meine Fürsprache war von Erfolg begleitet. Es
gelang mir sogar, jenen verhängnißvollen Kuß zu
erklären, welcher die Ursache von so viel Unheil
gewesen war.

Das Wiedersehen der Liebenden zu schildern,
übersteigt die Gewalt meiner Feder. Ich könnte es
auch nicht schildern, denn ich sah es nicht. Hinter
dem weißen Leinwanddache des Wagens fand es Statt,
ungesehen von mir, aber ohne Zweifel zur großen
Verwunderung des verwundeten Infanteristen, der
mit offenen Augen im Schatten des Wagens lag.

Einen Augenblick später erstieg ich den schrägen
Pfad nach dem Gipfel der Butte. Meine Absicht

war, zu sehen, ob die Utah's von der Verfolgung zurückkehrten.

Zuerst warf ich einen Blick hinter mich nach unten. Die wiedervereinigten Liebenden waren nicht mehr am Fuße des Hügels. Sie waren von den Pferden gestiegen und gingen neben einander weiter an dem Ufer des Flusses.

Dort standen sie. Der schöne Jäger und die schöne Jägerin — Auge in Auge und gegen einander geneigt in einer Haltung, welche die vollkommene Glückseligkeit Beider verrieth.

Viertes Kapitel.

Weitere Betrachtungen.

Ich hätte, ohne Tadel zu verdienen, sie um die süßen Schläge ihres Herzens, die so verschieden waren von den meinigen, beneiden können. Weit verschieben waren sie — denn mein Herz war von den schmerzlichsten Empfindungen bewegt. Die Wolke, welche sich in Folge der Mittheilungen des Mexikaners darauf niedergesenkt, war noch fernerweit durch die Einzelheiten verdunkelt worden, welche sie bestätigten, und jetzt, wo die Aufregung des Kampfes vorüber war und ich Gelegenheit hatte, mit verhältnißmäßiger Kaltblütigkeit über die Zukunft nachzubenken, ward die Pein meines Gemüths eine immer größere und schmerzlichere.

Ich empfand kaum Freude darüber, daß ich das

Leben gerettet hatte. Ich wünschte fast, daß ich durch die Hände der Indianer umgekommen wäre!

Die seltsame Geschichte des Trappers, die jetzt durch ihre eigene Heldin vollständig bestätigt ward, war nebst den neuen Thatsachen, die ich von ihr selbst erfahren, blos zum Theil die Ursache der furchtbaren Betrachtungen, die jetzt an meinem innern Auge vorübergingen. Allerdings waren sie schon an und für sich hinreichend, Gemüthsbewegungen hervorzurufen, die peinlich genug waren.

In Bezug auf die Absicht des schurkischen Stebbins konnte ich blos eine Vermuthung hegen, und diese war, daß der Elende blos der Helfershelfer seines despotischen Herrn war, ohne Zweifel um dadurch auf seine eigene Beförderung hinzuarbeiten; denn es ist eine bekannte Sache, daß dies die Ansprüche sind, auf welche sich das Avancement in der Hierarchie der Mormonen zu gründen pflegt.

Jetzt, wo das Schicksal ihrer Schwester mir noch frisch in der Erinnerung lebte, konnte ich nicht umhin, zu glauben, daß auch Lilian wie ein Lamm zur Schlachtbank geführt würde.

Und wie sollte dieser Opferung Einhalt gethan werden? Wie ließ die traurige Katastrophe sich verhindern?

Eben das Bemühen, diese Frage zu beantworten,

war es, worin ich meine Schwäche, meinen gänzlichen Mangel an Kraft fühlte.

Hätte es sich blos darum gehandelt, die Karawane einzuholen, so hätte ich mir nicht die mindeste Unruhe zu machen gebraucht. Es mußte noch viele Tage — ja Wochen — dauern, ehe die nach dem Norden ziehende Karawane das Ziel ihrer Bestimmung erreichen konnte, und wenn meine Befürchtungen in Bezug auf Stebbins' Absicht gegründet waren, so war Lilian nicht eher in Gefahr als bis nach ihrer Ankunft in der sogenannten „Mormonenstadt."

Hier — innerhalb der Mauern dieses modernen Gomorrha, auf einem Altare, welcher der Verspottung eines jeden moralischen Gefühls geweiht war, sollte das Opfer der Tugend gebracht werden — hier harrte der Wolf dem Lamme entgegen!

Ich wußte, daß, wenn sich kein Hinderniß dazwischenstellte — namentlich von der Art wie das, welches uns jetzt aufgehalten — wir die Mormonen-Auswanderer mit leichter Mühe einholen konnten.

Ein solches Hinderniß wie das eben erwähnte, hatten wir aber jetzt nicht mehr zu fürchten. Das ganze jenseitige Land war Gebiet der Utah's, und auf diese Indianer konnten wir als auf Freunde rechnen. Von dieser Seite her hatten wir Nichts zu fürchten, und die Karawane konnte recht wohl eingeholt werden.

Aber was ward dann? Wenn ich sie auch erreicht hatte, so war ich doch in Bezug auf meine
Absicht so machtlos wie je. Mit welchem Rechte
konnte ich mich in die Angelegenheiten des Squatters
oder seines Kindes mischen? Ohne Zweifel waren
Beide entschlossen, mit den Mormonen und nach der
Mormonenstadt weiterzureisen — wenigstens war dies
der Entschluß des Vaters.

Hieran ließ sich nicht länger zweifeln, und was
konnte ich vorbringen, um ihn an der Ausführung
dieser Absicht zu hindern? Ich hatte keinen Grund
— nicht die Spur von einem Rechte, mich auf irgend
eine Weise einzumischen.

Ja, es war mehr als wahrscheinlich, daß ich
für die auswandernden Mormonen eine sehr unwill-
kommene Erscheinung sein würde — für Stebbins
war ich dies sicherlich, und vielleicht auch für Holt.
Von ihren Händen hatte ich keine sehr höfliche Begegnung zu erwarten.

Da Stebbins der Anführer war — und diese
Thatsache stand jetzt außer Zweifel — so konnte ich
Gefahr von seinen „Daniten" zu befürchten haben,
von welchen sicherlich eine Anzahl Polizeidienste bei
der Karawane versah.

Dergleichen Erwägungen waren nicht außer
Acht zu lassen. Ich kannte die Feindschaft, welche

selbst unter gewöhnlichen Umständen diese Fanatiker gegen Nichtangehörige ihrer Secte zu fühlen pflegten, aber ich hatte auch gehört, wie sie dieselbe bethä- tigten, wenn sie im Besitze der Macht waren. Der „Sectirer", welcher seinen Fuß in diese Stadt der Heiligen setzt, oder mit einer Mormonenkarawane reis't, wird wohl thun, wenn er seine Meinungs- verschiedenheit für sich selbst behält. Wehe ihm, wenn er sie allzuprahlerisch verkündet!

Nicht blos von Schwierigkeiten, sondern auch von Gefahren war mein Weg umringt, obschon die Schwierigkeiten mir jetzt weit mehr zu schaffen mach- ten als die wirklichen Gefahren.

Wäre Holt auf meiner Seite — wäre ich seiner Zustimmung sicher gewesen — so würde ich mich wenig um die Gefahren einer Entführung — denn eine solche lag, wie ich glaube, zunächst vor — gekümmert haben. Selbst wenn ich überzeugt gewe- sen wäre, daß Lilian selbst ihre Einwilligung dazu gegeben hätte, so würde ich alle Gefahr gering geach- tet und immer noch Hoffnung auf Verwirklichung eines solchen Planes gehegt haben.

Aber leider, der Vater willigte vielleicht eben so wenig ein als die Tochter.

Dieser Zweifel war es, was meinen Gedanken die schwärzeste Färbung gab. Ich fuhr in diesen

3*

Betrachtungen weiter fort und erwog den Gegenstand in jeder Beziehung.

Ganz gewiß war es nicht Holt's Absicht, zu dem Verderben seiner Tochter beizutragen, denn als etwas Anderes konnte ich ihre Einführung in die Gesellschaft der Mormonenstadt nicht betrachten.

Es lag männliche Energie in ihm — ein gewisser Ueberrest rauher männlicher Tugend. Dies hatte ich selbst erprobt, und wenn dem Zeugnisse seiner Tochter Glauben zu schenken war, so war er kein so verworfener Charakter als er auf den ersten Blick zu sein schien.

War es möglich, daß er die wirklichen Absichten des Schurken kannte, der ihn und die Seinigen dem Verderben entgegenführte?

Vielleicht kannte er sie nicht. Allerdings mußte er wissen, daß Stebbins ein Mormone war, aber — wie Marian bei ihren Bemühungen, ihn zu rechtfertigen, schon angedeutet — er kannte vielleicht nicht den wahren Charakter dieses durchtriebenen Heuchlers.

Die Geschichte, daß Marian auf der Hinreise gestorben sei, bewies, daß man ihn in dieser Beziehung gröblich getäuscht hatte.

Auch ließ sich daraus schließen, daß er in gleicher Weise in Bezug auf die andere Tochter be-

trogen worden fein konnte. Eben in der Hoffnung,
mich von feiner Unfchuld zu überzeugen, hatte ich
Marian fo genau ausgefragt; denn der Inftinkt hatte
mir bereits zugeflüftert, daß in feinen Händen mehr
als in etwas Anderem meine Hoffnung oder mein
Verderben beruhte.

Aus diefem Grunde hatte mir fo viel daran
gelegen, mir über feine Gefinnung Gewißheit zu
verfchaffen.

Daß er fich einem gewiffen Grade nach in der
Gewalt des Pfeudoapoftels befand, davon war ich
felbft Zeuge gewefen. Ohne Zweifel beftand zwifchen
ihnen irgend ein fchwarzes Geheimniß.

Aber war es auch noch fo fchwarz, betraf es fogar
vielleicht einen Mord, fo ward es von Holt keines-
wegs freiwillig getragen und Marian hatte mir
Etwas diefer Art angedeutet.

Hier — mitten in der Wüfte — fern von der
Juftiz und von Richtern — ftand Strafe für eine
alte Uebelthat weniger zu fürchten, und ein Mann
von dem kühnen Gepräge diefes Tenneffee-Squatters
konnte hoffen, fich den Feffeln der Furcht zu entwin-
den, in welchen er fo lange gefchmachtet.

Vermuthungen diefer Art jagten fich eine nach
der andern in meinen Gedanken und äußerten die

Wirkung, daß sie meinem geistigen Horizont wieder
einmal eine heitrere Färbung gaben.

Natürlich richtete ich mein Augenmerk auf
Marian. In ihr erblickte ich eine Bundesgenossin
von nicht gewöhnlicher Art — eine Bundesgenossin,
deren Beweggrund, mir ihre Schwester befreien zu
helfen, kaum weniger mächtig sein konnte als mein
eigener.

Das arme Mädchen! Sie schwelgte noch in dem
Genusse wonnevoller Augenblicke. Sie kannte nicht
das Elend, welches noch ihrer harrte.

Wingrove war von mir instruirt, über diesen
Gegenstand zu schweigen, und gehorchte mir in der
Fülle seines eigenen Glückes um so bereitwilliger.

Es war keine angenehme Aufgabe, ihnen den
Becher der Freude von den Lippen zu reißen, doch
die Zeit drängte, und da das Opfer einmal gebracht
werden mußte, so war es am besten, wenn es sofort
geschah.

Ich sah, daß die Utah's die Verfolgung aufgegeben hatten. Die Meisten von ihnen waren wieder
auf den Schauplatz ihres kurzen Kampfes zurückgekehrt, während andere, einzeln oder in Trupps, auf
die Butte zugeritten kamen.

Auch die Frauen näherten sich — einige mit
den Verwundeten — einige die Leichen der Gefalle-

nen tragend und, während sie feierlich einherschritten, den schauerlichen Todtengesang singend.

Ich warf einen Blick auf die wehklagende Menge, sprang von dem Felsen herab und stieg rasch auf die Ebene hinunter.

Fünftes Kapitel.

Eine ächte Tigerin.

Ich ging auf den Fluß zu. Die Liebenden kamen mir auf der Hälfte des Weges entgegen. Als ich ihnen in die von dem reinen Lichte der Liebe funkelnden Augen schaute, ward ich meiner Absicht fast wieder untreu.

„Im Grunde genommen", dachte ich, „wird jetzt gar nicht Zeit genug sein, um ihr Alles zu erzählen. Die Indianer werden bald auf dem Platze sein. Unsere Anwesenheit wird bei der Berathung verlangt werden und vielleicht ist es besser, die Mittheilung zu verschieben, bis diese vorüber ist. Möge sie ihr neugefundenes Glück noch einen Augenblick genießen."

So stand ich noch einen Augenblick unschlüssig da und sah die schöne Jägerin an, als ich bemerkte, wie sie plötzlich zusammenfuhr und die Hand, welche sie zärtlich in der ihren gehalten, von sich schleuderte.

Der Blick ihres Geliebten war eben so wie der meine der des Erstaunens.

Nicht so der ihrige. Ihre Wange ward bleich — dann roth — dann wieder bleich, während ein Blick des Stolzes und des Zornes aus ihren Augen zuckte.

Sie blickte hinaus nach der Ebene, dann wieder zurück auf Wingrove und dann abermals rasch und durchbohrend nach der Ebene.

Barmherziger Himmel, was sollte dies heißen?

Ich drehte mich nach der durch ihren Blick an= gedeuteten Richtung herum und fand die Erklärung sofort.

Der Häuptling Wa—ka—ra war an der Butte angelangt und hielt, auf seinem Streitrosse sitzend, neben dem Wagen. Er war von drei oder vier andern Indianern — beritten oder zu Fuße — umgeben, der eine Reiter aber unterschied sich gänz= lich von den übrigen, denn er war ein Weib.

Diese Reiterin war nicht gefesselt, gleichwohl aber sah man sofort, daß sie eine Gefangene war. Es ging dies aus der Art und Weise hervor, wie die Indianer sie umgaben und auf welche ihr von ihnen begegnet ward.

Sie war, wie schon gesagt worden, zu Pferde und in der Nähe des Utah-Häuptlings — vor ihm.

Weder Wingrove noch mir kostete es Mühe, die Gefangene zu erkennen. Es war Su—wa—nee, die Chickasaw.

Das Adlerauge der Eifersucht hatte sie eben so leicht, oder vielmehr noch leichter, nämlich zuerst erkannt.

Sie war es, auf welche Marian diese funkeln- den Blicke heftete. Sie war die Ursache jenes krampf- haften Zusammenzuckens und jener furchtbaren Ge- müthsbewegungen, die sich jetzt in den Zügen der Jägerin verriethen.

Es dauerte nicht lange, so kam der Sturm zum Ausbruche.

„Meineidiger Heuchler! Dies ist also die Liebe, die Du mir geschworen, während der Eid noch auf Deinen Lippen brennt. Wieder verrathen! O Mann! Abermals verrathen! O Gott! — hätte ich Dich doch Deinem Schicksale überlassen!"

„Ich versichere Dir, Marian —"

„Versichere mir Nichts mehr! Genug — dort ist, was Dich anzieht — dort. Ha! wenn ich an diese Schmach denke! Hierher — selbst hierher in die Wildniß hat er sie gebracht — sie, welche die Ursache ist an all' meinem Unglücke. Ha! sie kommt auf Dich zu! Nun, Sir, geht ihr doch entgegen — helft ihr vom Pferde — bedient sie! Geht, Elender, geht!"

„Ich schwöre, Marian, bei dem lebendigen —"

Er konnte nicht ausreden, denn in diesem Augenblicke kam Su—wa—nee, welche den Kreis der sie bewachenden Indianer zu durchbrechen gewußt, herangaloppirt.

Ich selbst ward dadurch so überrascht, daß ich mich nicht von der Stelle bewegen konnte, und erst, als die Chickasaw gerade vor uns Halt gemacht hatte, konnte ich glauben, daß ich nicht träumte. Wingrove schien ebenfalls eine Beute der größten Ueberraschung und Bestürzung zu sein.

Als Su—wa—nee sich näherte, stieß sie einen gellenden Schrei aus, und vom Pferde springend, kam sie stracks auf Marian zugeeilt, welche, nachdem sie die so eben mitgetheilten erzürnten Worte gesprochen, sich von uns abgewendet hatte und sich jetzt dicht am Ufer des Flusses befand, so daß sie uns den Rücken zukehrte.

Die Absicht der Chickasaw war sehr leicht zu errathen. Der furchtbare Ausdruck ihres Gesichts — das teuflische Feuer, welches in ihren schrägen Augen loberte — die weißen, blanken wolfsähnlichen Zähne — Alles verrieth ihre gräßliche Absicht, die noch fernerweit durch ein langes Messer angedeutet ward, welches wir in ihrer Faust funkeln sahen.

Mit der ganzen Kraft meiner Stimme erhob ich einen Warnungsruf. Wingrove that dasselbe — eben so wie die Utah's, welche ihrer Gefangenen nacheilten.

Der Schrei ward gehört und beachtet. Es war dies ein großes Glück, einen Augenblick später wäre die Warnung zu spät gekommen und die rachsüchtige Chickasaw hätte sich auf ihr Opfer gestürzt.

Marian drehte sich bei dem Schrei herum. Sie sah die nahende Gefahr und mit der ganzen Schnelligkeit der ihnen beiden gemeinsamen Indianernatur schickte sie sich zur Vertheidigung an.

Sie hatte keine Waffe. Ihre letzte Liebesscene hatte keine nöthig gemacht. Ihr Feuergewehr hatte sie bei der Butte zurückgelassen und sie war — wie gesagt — jetzt ohne irgend eine Waffe, aber mit Blitzesschnelligkeit wickelte sie die mexikanische Serape um den Arm und suchte dadurch ihren Körper vor dem drohenden Stoße zu decken.

Die Chickasaw blieb stehen, wie um ihren Streich desto sicherer zu führen, und einen Augenblick lang standen die Beiden einander gegenüber und betrachteten sich mit jenem Blicke concentrirter Wuth, die nur die Eifersucht geben kann.

Es war die Tigerin, die im Begriffe stand, über den schönen Panther herzufallen, der ihr in den Weg gekommen war.

Alles Dies geschah fast augenblicklich und so rasch, daß weder ich noch Wingrove Zeit genug zur Stelle sein konnten, um die Angreiferin zurückzureißen.

Wir eilten Beide so schnell, als in unsern Kräften stand, hin, wären aber dennoch zu spät gekommen, wenn der Stoß besser gezielt oder weniger geschickt vermieden worden wäre.

Er ward geführt. Mit einem lauten Schrei stürzte die Chickasaw vorwärts und führte den Streich, durch eine geschickte Bewegung aber fing die Jägerin ihn mit der Serapé auf und die Klinge glitt unschädlich ab.

Wir wollten uns zwischen die Kämpfenden stürzen, in diesem selben Augenblicke aber mischte sich ein dritter Kämpfer ein und Marian war gerettet.

Es war nicht eine Menschenhand, die sie rettete, sondern ein Geschöpf, welches sie vielleicht für treuer hielt. Es war der Hund Wolf!

Das Ungestüm, womit die Indianerin den Stoß geführt, und das Fehlgehen desselben, war die Ursache, daß sie an ihrer Feindin vorbeigetaumelt war. Sie drehte sich sofort wieder herum und wollte den Angriff erneuen, als der Hund erschien.

Mit wildem Gebell that er einen Satz hoch in die Luft, sprang der Chickasaw an die Brust und faßte sie in demselben Augenblicke bei der Kehle.

In dieser Stellung hielt er sie mit seinen furcht= baren Zähnen fest und zerkratzte ihr mit seinen Pfoten die Brust!

Es war ein gräßliches Schauspiel, und da Marian jetzt Nichts mehr zu fürchten hatte, so eilte ich mit Wingrove hinzu, in der Absicht, die unglückliche Chickasaw von dem Hunde zu befreien.

Ehe wir aber noch ganz zur Stelle kommen konnten, entschwanden Beide — Opfer sowohl als Rächer — unserm Blicke.

Die Indianerin war erschrocken einige Schritte zurückgewichen. Auf diese Weise hatte sie das Ufer erreicht und war rücklings in das Wasser gestürzt.

Als wir am Ufer anlangten, war weder India= nerin noch Hund zu sehen. Beide waren untergesun= ken; fast in demselben Augenblicke aber kamen sie wieder auf die Oberfläche — der Hund obenauf, sein Opfer immer noch mit den Zähnen an der Kehle festhaltend.

Ein halbes Dutzend Indianer sprangen in's

Waſſer und nach vieler Mühe zerrte man das wilde Thier von ſeiner Beute hinweg.

Es war zu ſpät. Die ſcharfen Zähne hatten ihr Werk gethan, und als die Unglückliche an das Ufer herausgezogen ward, ſah man ſofort, daß ſie ihren letzten Athemzug gethan. Die Glieder waren ſchlaff und der Puls ſchlug nicht mehr.

Su—wa—nee hatte aufgehört zu leben.

Sechstes Kapitel.

Verdächtige Anzeichen.

Die Indianer kamen herbei — Krieger und Frauen — und umringten die Leiche. Ihre Ausrufungen verriethen keine Sympathie. Selbst die Squaws sahen mit gleichgültigen Blicken zu, obschon die Todte ihrem Volke und ihrem Geschlechte angehörte. Sie wußten, daß sie Bundesgenossin ihrer Feinde gewesen, und hatten ihren wilden Angriff auf Maranee gesehen, obschon sie den Beweggrund desselben nicht kannten.

Einige von ihnen, welche nahe Verwandte in dem Kampfe verloren, begannen, durch Schmerz und Wuth schon angestachelt, die leblosen und verstümmelten Ueberreste zu beschimpfen und noch mehr zu verstümmeln.

Ich wendete mich ab von diesem gräßlichen
Anblicke. Weder die Todten noch die Lebenden,
welche dieses furchtbare Gemälde bildeten, hatten
weiteres Interesse für mich.

Mein Blick, der andere Gestalten suchte, fiel
zuerst auf die Wingrove's. Er stand in der Nähe,
in einer Haltung, welche außerordentliche Nieder-
geschlagenheit verrieth. Sein Kopf sank auf die
Brust herab, aber seine Augen waren nicht auf den
Boden geheftet. Sie waren aufwärts gerichtet und
schauten einer Gestalt nach, die sich entfernte.

Diese Gestalt war die der Jägerin.

Sie hatte ihr Pferd bestiegen und ritt davon,
während ihr Hund ihr folgte. Sie ritt langsam —
als ob sie in Bezug auf die That selbst und die ein-
zuschlagende Richtung noch unentschlossen wäre.

In Beidem schien das Pferd seinen Willen zu
haben. Die Zügel desselben lagen schlaff auf seinem
Halse und die Reiterin schien in stummes Hinbrüten
versunken zu sein.

Ich eilte auf meinen Araber zu, in der Absicht,
ihr nachzureiten, als ich sah, daß mir Jemand zuvor-
kam. Ein Anderer hatte eine ähnliche Absicht gefaßt; es war Wa—ka—ra.

Der junge Häuptling, der noch zu Pferde saß,
sprengte aus der Mitte seiner Leute hervor und lenkte

sein. Roß nach der von der Jägerin eingeschlagenen Richtung. Ehe ich mein Pferd erreichen konnte, hatte er sie eingeholt und ritt dann langsam neben ihr her.

Ich versuchte nicht, ihnen zu folgen. Wie unzeitig auch die Unterredung, oder was auch der Zweck derselben sein mochte, so kam es doch nicht mir zu, mich einzumischen. Selbst wenn ich so unhöflich hätte sein wollen, so wäre es immer noch zweifelhaft gewesen, ob ich auch politisch gehandelt hätte, und dieser Gedanke war es hauptsächlich, was mich zurückhielt. —

Ein wenig ärgerlich, daß meine Pläne gestört wurden, gab ich die Absicht, mein Pferd zu besteigen, auf und lenkte meine Schritte zurück nach der Stelle, wo Wingrove stand.

Sobald ich nahe genug war, um den Ausdruck auf seinen Zügen zu lesen, sah ich, daß mein Aerger von ihm mehr als getheilt ward. Eine Regung des bittersten Grolls brannte in der Brust des jungen Hinterwäldlers. Sein Blick war auf die beiden Gestalten geheftet, welche langsam über die Ebene dahinritten. Er beobachtete jede ihrer Bewegungen mit jenem scharfen, concentrirten Blicke, den nur die Eifersucht geben kann.

„Unsinn, Wingrove!" sagte ich, denn ich las

die Gedanken seines Herzens. „Laßt Euch dadurch
nicht beunruhigen! Es ist Nichts zwischen ihnen, das
kann ich Euch versichern."

Ich war, indem ich diese Versicherung gab,
selbst nicht ganz fest überzeugt. Für den Indianer
konnte ich nicht einstehen. Obschon er der kälteste
seines kaltblütigen Volkes war — kalt wie Erz oder
Marmor — so konnte er doch schwerlich umhin, durch
die Betrachtung einer solchen Begleiterin angeregt zu
werden.

Die Jägerin selbst empfand vielleicht Nichts,
aber dennoch war der Utah-Häuptling ein schöner
Mann und allem Anscheine nach edel, ritterlich und
tapfer. Seine Gestalt war herrlich und die zierlichen
Umrisse seiner Züge konnten selbst durch die kriegerische
Malerei, mit der sie bedeckt waren, nicht ganz ent-
stellt werden.

Und konnte Maranee — selbst halb Indianerin
und mit gewaltigen Leidenschaften begabt — diese
hohen Eigenschaften nicht schon bemerkt haben?
Betrachtete sie dieselben nicht mit Vorliebe?

Ohne ihre Unterredung mit Wingrove würde
ich eine bejahende Antwort auf diese Frage nicht blos
für möglich, sondern auch für wahrscheinlich gehalten
haben.

Selbst jetzt, als ich den beiden Gestalten nachsah

4*

und bemerkte, wie der junge Häuptling sich in eifrigem Gespräche zu seiner schönen Schützlingin hinüberneigte, während sie ihrerseits sich jetzt in einer weniger trostlosen Stimmung zu befinden schien, konnte ich fast auf den Gedanken kommen, daß zwischen ihnen ein für den Seelenfrieden meines Kameraden verderbliches Verhältniß bestände.

Aber nein — nein! Der Auftritt, den ich vor so wenigen Minuten zwischen ihr und Wingrove mit angesehen, war von Handlungen und Kennzeichen begleitet gewesen, welche eine solche Vermuthung nicht gestatteten. Der zärtliche Händedruck — das in den Augen Beider leuchtende Licht der Liebe waren Beweise wahrer Anhänglichkeit, einer Anhänglichkeit, deren selbst die eingefleischte Kokette sich nicht so schnell zu entäußern vermocht hätte.

Unmöglich! Die Scenen konnten eine gewisse Aehnlichkeit darbieten und boten sie auch wirklich dar, aber beide konnten nicht dasselbe bedeuten.

Der arme Wingrove! Er war nicht im Stande, so zu folgern — ebensowenig als ein Anderer in seiner Lage es im Stande gewesen wäre. Das Herz des Liebenden kann von Zweifeln zerrissen werden, noch ehe das Echo des betheuernden Schwures aufgehört hat, an sein Ohr zu schlagen.

„Es ist freundlich von Euch, Capitain," entgegnete er, aber nach Dem, was vorgefallen ist, weiß ich nicht, was ich denken soll. Wenn sie mir jetzt noch untreu wird, und noch dazu um eines Indianers willen, beim Himmel, dann ist es mir, als könnte ich sie ermorden!"

Ein Stöhnen folgte auf diese wilde Drohung.

„Na, na, Kamerad, beruhigt Euch! Es ist durchaus Nichts vorhanden, was Euern Argwohn rechtfertigen könnte, wenigstens nicht auf ihrer Seite, das weiß ich bestimmt — sie hat es mir selbst gesagt."

„Aber, Capitain, sie liebt uns doch nicht vielleicht alle Beide?"

Ich konnte nicht umhin, über diese Frage zu lächeln, und beeilte mich, sie mit Nein zu beantworten.

„Nur erst diese Minute hat sie mir gesagt, sie liebe mich, und würde es mit einem Schwure bekräftigt haben, wenn ich es verlangt hätte. Ich war so glücklich wie die Blumen des Mai, denn es war das erste Mal, daß sie es mit ihren eigenen Lippen sagte, und jetzt seht nur — seht!"

Mit sich immer mehr umdüsternder Stirn nickte er nach den Personen, von welchen wir sprachen. Allerdings war der Anblick hinreichend, um den

Argwohn eines minder eifersüchtigen Liebhabers zu
erwecken, wenn auch nicht ihn zu rechtfertigen.

Beide Reiter hatten an einer entfernten Stelle
der Ebene Halt gemacht. Sie waren nicht so fern,
daß man nicht ihre Haltung hätte beobachten können.
Sie blieben auf den Pferden sitzen, aber die Pferde
standen so dicht beisammen, daß die Körper der
Reiter sich fast zu berühren schienen. Der Kopf des
Häuptlings war vorwärts und abwärts geneigt, während er die Hand auszustrecken schien, als ob er die
der Jägerin faßte.

Es war ein furchtbares Bild für einen Liebenden,
und die weißen Lippen, die knirschenden Zähne und
das schnelle unregelmäßige Pochen von Wingrove's
Herzen — welches mir, als ich so neben ihm stand,
vollkommen hörbar war — verrieth, welche furchtbare Gemüthsbewegungen der Anblick in ihm erweckte.

Ich selbst konnte mir die Haltung des Utah-
Häuptlings nicht erklären, eben so wenig als die
stumme Fügsamkeit, womit seine Aufmerksamkeiten
aufgenommen zu werden schienen.

Allerdings hatten dieselben den Anschein von
Galanterie, obschon ich mich nicht überwinden konnte,
an die Wirklichkeit einer solchen zu glauben. Es
lag nicht in der menschlichen Natur — nicht einmal

in der eines Weibes — auf so ungenirte Weise eine Falschheit zu begehen.

Der Schein trog sicherlich.

Ich war eben noch bemüht, eine Erklärung zu suchen, als ein sich bewegender Gegenstand meine Aufmerksamkeit auf sich zog.

Es war ein Reiter, der auf der Ebene jenseits der Stelle erschien, wo die Jägerin und der Häuptling Halt gemacht hatten.

Für unsere Augen befand er sich mit ihnen ziemlich in gleicher Linie und kam das Thal herab von dem obern Canon, aus welchem er augenscheinlich herausgekommen war.

Er befand sich noch in bedeutender Entfernung von den andern beiden, aber man konnte sehen, daß er in vollem Galopp und stracks auf sie zukam.

Binnen wenigen Augenblicken mußte er sie erreicht haben.

Ich beobachtete den Reiter mit Interesse. Ich hoffte, daß er in der begonnenen Richtung weiter= reiten und die Scene unterbrechen würde, welche mir unangenehm war und meinen Kameraden geradezu auf die Folter spannte.

In dieser Hoffnung sah ich mich auch nicht getäuscht. Der eilende Reiter ritt immer gerade aus, und als er noch wenige Schritte von den Beiden entfernt war, hielt er sein Pferd an.

In demselben Augenblicke sah ich, wie der Utah-Häuptling sich von seiner Begleiterin trennte, auf den Fremden zuritt und ein Gespräch mit ihm zu beginnen schien.

Es hatte den Anschein, als beträfe es einen wichtigen oder geheimnißvollen Gegenstand, denn sie blieben abgesondert, wie in eifriger Unterredung.

Nachdem einige Minuten vergangen waren, wendete der Häuptling sich wieder nach der Jägerin herum, und indem er ihr einige Abschiedsworte zuzurufen schien, lenkte er sein Pferd nach der Butte und kam mit dem Fremden darauf zu galoppirt.

Die Jägerin blieb an ihrer Stelle, aber ich sah, daß sie abstieg und sich über den Hund niederbeugte, als ob sie ihn liebkos'te.

Ich beschloß, diese Gelegenheit, mit ihr allein zu sprechen, zu benutzen, und indem ich Wingrove aufforderte, meine Rückkehr abzuwarten, eilte ich auf mein Pferd zu.

Es war möglich, daß ich auf diesem Wege dem Häuptlinge begegnete und daß er es nicht gern sah. Ich hatte aber mit Marian auch noch über etwas Anderes außer ihrer Liebesangelegenheit zu sprechen,

und meine ehrliche Absicht machte mich weniger furcht-
sam in Bezug auf die Auslegung, welche der Wilde
meiner Handlungsweise zu geben beliebte.

Auf diese Weise in meinem Vorsatze bestärkt,
schwang ich mich auf mein Roß und galoppirte davon.

Siebentes Kapitel.

Neue Aufklärung.

Da wir uns in entgegengeſetzten Richtungen bewegten, ſo begegnete ich dem Häuptlinge faſt augenblicklich. Ich war ein wenig überraſcht, daß er an
mir vorüberritt, ohne Notiz von mir zu nehmen.
Er mußte nothwendig errathen, wohin ich wollte, da
ich ſtracks auf die Jägerin zuritt, und es gab keinen
andern Gegenſtand, der mich nach dieſer Richtung
hätte hinlocken können.

Er ſchien ſogar mich nicht einmal zu ſehen!
Während er raſch an mir vorbeiſprengte, waren ſeine
Augen vorwärts auf die Butte gerichtet, oder dem
Reiter zugewendet, der neben ihm hergaloppirte.

Vielleicht wurden ſeine Gedanken durch die Mittheilung beſchäftigt, welche Letzterer ihm eben gemacht.

Daraus erklärte sich dann seine Gleichgültigkeit gegen
Das, was ich that.

Der fremde Reiter war ein Indianer. Da er
nicht das Kriegscostüm trug, so ersah ich daraus, daß
er an dem letzten Kampfe nicht theilgenommen hatte,
sondern so eben von einer weiten Reise kam. Ohne
Zweifel war er ein Bote, welcher Nachrichten brachte.
Sein müdes Pferd und seine mit Staub bedeckten Ge-
wänder rechtfertigten diese Muthmaßung.

Da mir eben so viel daran lag, ein Zusammentreffen zu vermeiden, so ritt ich an den beiden Rei-
tern schweigend vorüber, in der begonnenen Richtung
weiter.

Als ich mich der Jägerin näherte, dachte ich an
den Empfang, den ich erwarten konnte, und die Erklärung, die ich geben sollte. Wie wird sie mich empfangen? fragte ich mich. Nicht sehr freundlich,
fürchtete ich auf alle Fälle; nicht bis sie gehört hätte,
was ich zu sagen hatte.

Das zweideutige und unzeitige Erscheinen der
Chickasaw in Verbindung mit dem verhängnißvollen
Auftritte, welcher folgte, mußte excentrische und irrige
Eindrücke auf ihr Gemüth gemacht haben. In Folge
dessen erschienen nicht blos die Betheuerungen ihres
Geliebten, sondern auch mein Zeugniß zu seinen
Gunsten in einem falschen Lichte.

Aus diesen Gründen war es nicht schwer, eine unfreundliche Aufnahme zu prophezeihen.

So wie ich mich näherte, hörte sie auf, ihren Hund zu liebkosen, und schwang sich wieder auf ihr Pferd. Ich fürchtete, daß sie fortreiten würde, um mir auszuweichen. Ich wußte, daß ich sie mit leichter Mühe einholen könnte, aber eine Verfolgung dieser Art wäre kaum nach meinem Sinne gewesen.

Sie ergriff den Zügel ihres Pferdes und schien einen Augenblick lang unentschlossen zu sein; die Neugier aber, was ich ihr wohl mitzutheilen hätte — vielleicht auch ein stärkeres Gefühl — behielt endlich die Oberhand. Der Zügel entsank ihren Fingern und in gleichgültiger Haltung erwartete sie meine Annäherung. Selbst als ich dicht vor ihr hielt, verrieth sie weder durch einen Blick noch durch eine Geberde, daß sie mich kannte, sondern murmelte einige an den Hund gerichtete Worte und schien sich nur für die Bewegungen dieses Thieres zu interessiren.

„Marian Holt!" sagte ich in sanft eindringlichem Tone, „Euer Argwohn ist ungerecht — ich komme, um Euch eine Erklärung zu geben —"

„Ich brauche keine," unterbrach sie mich in ruhigem Tone, aber ohne die Augen aufzuheben. Eine sanfte Bewegung der Hand begleitete die Worte.

Ich glaubte, sowohl der Ton als die Geberde

sollten eine Zurückweisung bedeuten, bald aber bemerkte ich, daß ich mich irrte.

„Ich brauche keine," wiederholte sie, „es ist schon Alles erklärt."

„Erklärt! wie denn?" fragte ich überrascht.

„Wa—ka—ra hat mir Alles gesagt."

„Wie — von Su—wa—nee?"

Eine bejahende Geberde war die Antwort.

„Das freut mich. Aber woher kannte Wa—ka—ra die Umstände?"

„Theils von dem Mexikaner, dem Eure Leute sie mitgetheilt hatten, theils von den gefangenen Arapaho's. Genug — ich bin zufriedengestellt."

„Und Ihr verzeiht, Wingrove?"

„Die Verzeihung steht nun bei ihm. Ich habe ihm durch meinen Verdacht nicht blos Unrecht gethan, sondern ihn auch geschmäht. Ich verdiene seine Verachtung. Ich kann kaum hoffen, daß er mir verzeihen werde."

Ein Licht ging mir auf — helles Licht war es für Wingrove. Das verdächtige Zwiegespräch mit dem Utah-Häuptlinge war nun erklärt. Die Unschuld desselben ward ferner durch Das offenkundig, was meine Augen in diesem Momente erblickten.

An dem Arme, der bei der Geberde emporgehoben ward, sah ich einen Streifen Baumwolle, ober-

halb des Handgelenkes darumgewickelt. Ein Blut-
flecken zeigte sich durch die Wolle hindurch.

„Ha! Ihr seid verwundet!" sagte ich, als ich die
Bandage bemerkte.

„Es ist Nichts — blos ein Ritz von der Spitze
des Messers. Wa—ka—ra hat ihn verbunden. Er
blutet noch ein wenig, aber es hat Nichts zu bedeuten."

Der Häuptling hatte also, als wir ihn in jener
verdächtigen Stellung beobachteten, die Rolle des
Wundarztes gespielt. Noch mehr Licht für Wingrove!

„Welch' ein teuflisches Geschöpf war doch diese
Indianerin!" sagte ich, während meine Gedanken sich
Su—wa—nee zuwendeten. „Sie verdiente den
Tod!"

„Ach, die arme Unglückliche! Es war ein furchtbares Schicksal, was sie ereilte. Und mag sie es nun
verdient haben oder nicht, so kann ich nicht umhin,
Mitleid für sie zu fühlen. Wollte Gott, es wäre
nicht geschehen, aber dieser treue Begleiter hier sah
den Anschlag auf mein Leben, und wenn er sieht, daß
ich angegriffen werde, so ist Nichts im Stande, ihn
zurückzuhalten. Es ist nicht das erste Mal, daß er
mich vor einem Feinde geschützt hat. Ach, mein Leben
ist eine Kette von traurigen Ereignissen gewesen —
wenigstens während der letzten sechs Monate desselben."

Diesen düsteren Betrachtungen entriß ich sie

balb. Ich sah das Ende ihrer Leiden herannahen. Ich sprach ermuthigende Worte. Ich konnte ihr die Verzeihung ihres Geliebten versprechen, denn ich wußte, wie gern und bereitwillig er sie gewähren würde.

„Ach, Marian," sagte ich, „eine schöne Zukunft liegt vor Euch. Wollte Gott, ich könnte von mir dasselbe sagen — nicht blos von mir, sondern auch von Eurer Schwester Lilian!"

„Ha!" rief sie plötzlich, aus ihrem Hinbrüten erwachend, „erzählt mir von meiner Schwester! Ihr versprachet, es zu thun. Sie ist doch nicht in Gefahr?"

Ich erzählte ihr Alles — meine eigene Geschichte — mein erstes Zusammentreffen mit Lilian — meine Liebe zu ihr, und die Gründe, die ich hatte, zu glauben, daß sie erwidert werde — die Abreise von Tennessee mit dem Mormonen — unsere Verfolgung der Karawane und Gefangennehmung durch die Indianer — kurz, Alles, was geschehen war, bis zur Stunde meiner Begegnung mit ihr selbst. Ich äußerte dann noch meine Befürchtungen in Bezug auf das traurige Schicksal, zu welchem ihre Schwester bestimmt sei und welches meine eigne Furcht mich abhielt, zu verheimlichen.

Nachdem die Jägerin den sehr natürlichen Re-

gungen, welche eine solche Mittheilung erwecken mußte,
Raum gegeben, nahm sie plötzlich die ihrem Charakter
eigenthümliche Festigkeit wieder an und ging sofort
mit mir auf die Erwägung eines Planes ein, mittelst
dessen ihre Schwester vor einem Schicksale bewahrt
werden konnte, welches, wie ihre eigne Erfahrung ihr
sagte, kein anderes als ein schmachvolles sein konnte.

„Ja," rief sie mit einem Ausbruche wilden Schmer-
zes, „nur zu wohl kenne ich die Absicht jenes mein-
eidigen Schurken. O Vater! — verloren — ent-
ehrt! — O Schwester! verschachert — betrogen!
Ach, arme Lilian!"

„Nein — verzweifelt nicht! — noch ist Hoffnung.
Aber wir dürfen keine Zeit verlieren. Wir müssen
sofort von hier aufbrechen und die Verfolgung fort-
setzen."

„Das ist wahr, und ich werde Euch begleiten.
Ihr verspracht mir, mich mit in meine Heimath zu
nehmen. Jetzt führt mich, wohin Ihr wollt — wohin es auch immer sei, dafern ich nur meine Schwester retten helfen kann. Barmherziger Himmel!
Auch sie befindet sich in der Gewalt jenes verruchten
Ungeheuers."

Wingrove, der, über alle Maßen glücklich, sofort Verzeihung gewährte und fand, ward jetzt zu unserer Berathung herbeigezogen. Der treue Sicher-

schuß warb ebenfalls von Allem unterrichtet, denn
wir brauchten vielleicht seinen so hülfreichen, erprobten
Arm.

Wir fanden Gelegenheit, uns abgesondert von
den Indianern zu besprechen — denn jetzt nahm der
Scalp=Tanz ihre ganze Aufmerksamkeit in Anspruch,
und indem wir uns eine Strecke von der geräusch=
vollen Ceremonie zurückzogen, begannen wir die Mög=
lichkeit zu besprechen, Lilian Holt aus den Klauen
jenes Schurken zu retten, in dessen Gewalt das un=
schuldige Mädchen auf so beklagenswerthe Weise ge=
fallen war.

Achtes Kapitel.

———

Der Plan zu einer Entführung.

Unsere Berathungen dauerten nicht lange. Ich hatte ben Gegenstand schon nach allen Richtungen hin erwogen und war zu der Ueberzeugung gekommen, daß nur e in Weg einzuschlagen sei, auf welchem Lilian's Rettung bewerkstelligt werden könne, nämlich ihre Entführung von der Karawane der Mormonen.

Mit dieser Ansicht war Marian vollkommen einverstanden. Sie wußte, daß es vergeblich sein würde, zu erwarten, daß der Wolf sein Opfer frei= willig hergäbe, und sie konnte sich nicht des peinlichen Gedankens erwehren, daß selbst ihr Vater, durch die ihn umgebenden Heuchler eingeschüchtert, die Gelegen= heit, sein Kind zu retten, zurückweisen würde.

Er wäre dann nicht der einzige Vater gewesen,

ber, durch diese abscheuliche Täuschung geblendet, auf
diese Weise dem verruchten Altare des Mormonen=
thums sein Opfer dargebracht hätte.

Von dieser traurigen Thatsache war Marian
sehr wohl unterrichtet. Ihre unglückliche Reise durch
die großen Ebenen hatte ihr manches seltsame Ereig=
niß — manche beweinenswerthe Seite des mensch=
lichen Herzens offenbart.

Alle stimmten dahin überein, daß Lilian entwe=
der durch Gewalt oder heimlich den Händen der Mor=
monen entrissen werden müsse. Auch mußte es ge=
schehen, ehe sie die Stadt am Salzsee erreichten.
Waren diese Pseudoheiligen einmal an den Ufern des
transatlantischen Jordans angelangt, so waren sie
vor der Einmischung ihrer mächtigsten Feinde sicher.

Dort war die Entführung nicht mehr möglich,
oder wenn sie auch möglich war, so kam sie doch
jedenfalls z u   s p ä t.

War sie anderwärts ausführbar? — unterwegs?
Und auf welche Weise war sie in's Werk zu setzen?
Dies waren die Fragen, die uns beschäftigten.

Männer waren wir blos unser drei, denn der
jetzt vollständig kampfunfähige Irländer mußte zu=
rückgelassen werden. Die Jägerin, welche ihren Ent=
schluß erklärte, uns zu begleiten, konnte allerdings als

vierter gezählt werden; wir waren sonach im Ganzen vier mit Kugelbüchsen Bewaffnete.

Aber was konnten vier Kugelbüchsen gegen eine um mehr als das Zehnfache überlegene Zahl ausrichten?

Wingrove hatte von der unglücklichen Chickasaw gehört, daß wenigstens hundert Männer sich bei der Mormonenkarawane befänden.

Es war daher vergeblich, an eine gewaltsame Entführung zu denken. Eine solche wäre reine Donquichotterie gewesen und hätte für uns Alle ein verderbliches Ende nehmen müssen.

Und war es nicht eben so vergeblich, an eine heimliche Entführung zu denken?

Allerdings schien es so. Wie sollten wir uns dieser Mormonenschaar nähern — wie sollten wir in ihr Lager dringen, das jedenfalls durch unausgesetzte Wachsamkeit luchsäugiger Schurken gegen jeden Ueberfall gesichert war?

Bei Tage war es unmöglich und in der Nacht gefährlich, und für unsern Zweck eben so unausführbar.

Uns diesen Auswanderern als Reisegefährten anschließen, konnten wir nicht ohne einen gültigen Vorwand. Und welchen konnten wir aufstellen? Wären wir ihnen fremd gewesen, so hätten wir uns

irgend einer plausibeln Geschichte bedienen können —
unglücklicher Weise aber war dies nicht der Fall.
Wir Alle, Sicherschatz ausgenommen, waren ihrem
Anführer bekannt. Meine Anwesenheit, wie unerwartet sie auch sein mochte, verrieth diesem schlauen
Schurken meine Absicht sofort, und was Marian Holt
betraf, so gerieth sie in positive Gefahr, die eben so
groß war als die, in welcher sich jetzt ihre Schwester
befand.

Stebbins konnte Anspruch auf sie machen, wenn
auch nicht mit dem Rechte eines wirklichen Gatten,
doch wenigstens nach den Gesetzen der Mormonenehe,
und natürlich ward der Fall in einem Mormonenlager nach d i e s e n Gesetzen entschieden, da der Apostel
selbst ja deren Ausleger war.

Die Hoffnung, welche ich auf die Aussicht eines
Bündnisses mit Marian gebaut, war die, daß durch
ihre Vermittelung Lilian vielleicht bewogen werden
könnte, f r e i w i l l i g zu entfliehen, da nöthig selbst
v o n i h r e m V a t e r.

Ich hatte mich dieser Hoffnung zu schnell hinge-
geben — ohne bei der Gefahr für Marian selbst zu
verweilen. Dies war für Wingrove jetzt eben so
klar als für mich. Marian konnte deßhalb nicht das
Lager der Mormonen betreten. Wir konnten nicht
daran denken, sie einer Gefahr preiszugeben, welche

nur allzuwahrscheinlich zu einem doppelten Opfer
führen würde.

Unsere Gedanken wendeten sich nun auf den
ehemaligen Scharfschützen.

Er war der Einzige von uns, der dem Anführer
der Mormonen und Holt selbst unbekannt war.

Auf Sicherschuß übertrugen wir sonach unsere
Hoffnungen.

Er konnte sich vielleicht der Karawane unter
irgend einem Vorwande anschließen, während wir
Uebrigen in einiger Entfernung blieben. Durch
seine Vermittelung konnte selbst eine Mittheilung mit
Lilian in's Werk gesetzt, sie konnte von der Nähe
ihrer Schwester, von den Gefahren ihrer eignen
Lage unterrichtet werden, von welcher das junge, arg-
lose Wesen sicherlich noch nicht die mindeste Kenntniß hatte.

Waren ihre Bedenklichkeiten erst durch die Be-
kanntschaft mit ihrer eignen Gefahr überwunden, so
half sie dann vielleicht selbst einen Fluchtplan ersinnen.

Zu einem solchen Zwecke war Sicherschuß der
geeignete Mann, denn er war gewandt, verschmitzt
und muthig.

Man wundert sich vielleicht, warum wir in diesem Falle nicht an Wa—ka—ra dachten.

Ganz gewiß hätte uns dieser eine wirksame Hülfe leihen können. Mit seinen berittenen Kriegern hätte er die Karawane der Mormonen sehr bald einholen, umzingeln und dem Anführer derselben Gesetze vorschreiben können.

Dies Alles wußten wir und dachten auch wirklich an Wa—ka—ra. Wir hatten die Absicht gehabt, uns an ihn zu wenden, und diese Absicht auch noch nicht aufgegeben.

Aber wir hatten auch schon erfahren, daß unserer Bitte wahrscheinlich keine Folge geleistet werden würde. Marian hatte uns die Ansichten des Utah-Häuptlings in Bezug auf die Mormonen auseinander gesetzt.

Diese schlauen Diplomaten hatten gleich bei ihrer ersten Ansiedelung im Gebiete der Utah's die Bundesgenossenschaft Wa—ka—ra's und seiner Leute zu erwerben gesucht. Sie hatten den kriegerischen Häuptling bei jeder Gelegenheit geehrt und dadurch sein Vertrauen und seine Freundschaft gewonnen, so daß gegenwärtig zwischen ihm und dem Mormonenpropheten das beste Einvernehmen bestand.

Aus diesem Grunde glaubte Marian, es werde eines stärkeren Beweggrundes als blos persönlicher Freundschaft bedürfen, um ihn zu veranlassen, als ihr Feind aufzutreten.

„Vielleicht," dachte ich, „ift wirklich ein ſtärkerer
Beweggrund aufzufinden. Oder hat der Utah=Häupt-
ling ſeine ſchöne Schützlingin ſo lange blos mit dem
Auge der Freundſchaft betrachtet? Wenn dem ſo iſt,
dann muß ſein Herz kälter ſein als der Schnee, der
von jenem Berggipfel herabglänzt."

Dieſe Gedanken ſprach ich natürlich nicht aus.
Die letzte Hypotheſe war theilweiſe wahr. Die erſte
und zweite war, wie ich ſpäter erfuhr, irrig. Ein
Glück für Wingrove, daß dem ſo war.

Bei einem ſo wichtigen Unternehmen durfte keine
Möglichkeit unverſucht gelaſſen werden. Deßhalb
ward Marian auch wirklich aufgefordert, unſre Bitte
dem Utah=Häuptlinge vorzutragen.

Sie erklärte ſich bereit dazu. Die Sache war
eines Verſuches werth. Fiel die Antwort günſtig
aus, ſo wurden unſre Schwierigkeiten ſicherlich ſehr
bald beſeitigt und wir konnten auf raſchen Erfolg
hoffen. War es nicht der Fall, ſo blieben unſre
Ausſichten immer noch dieſelben — ſie wurden dadurch nicht ſchlimmer, denn ſchlimmer konnten ſie
kaum werden.

Marian verließ uns und begab ſich zu dem
Häuptlinge, um ihren Auftrag auszurichten.

Wir ſahen, wie er ſich von den Ceremonieen zu-

rückzog, mit ihr auf die Seite trat und ein anscheinend eifriges und angelegentliches Gespräch begann.

Mit hoffnungsvollem Herzen sahen wir zu.
Wingrove war nicht mehr eifersüchtig. Ich hatte ihn
durch einen Wink geheilt und der verbundene Arm
seiner Geliebten hatte die zarten Aufmerksamkeiten
erklärt, welche wir den Indianer ihr hatten widmen
sehen.

Das Gespräch dauerte etwa zehn Minuten. Die
Sprechenden warfen zuweilen einen Blick auf uns,
aber wir kannten das Thema und erwarteten geduldig
den Ausgang.

Bald wurden wir davon in Kenntniß gesetzt.
Wir sahen, wie der Häuptling mit der Hand winkte
— ein Zeichen, daß die Unterredung zu Ende war,
und die Sprechenden trennten sich.

Wa—ka—ra kehrte zu seinen Kriegern zurück,
während Marian wieder auf uns zukam.

Wir schauten ihr, als sie sich näherte, forschend
in's Gesicht und bemühten uns, darin zu lesen, was
unsre Wünsche dictirten — eine bejahende Antwort
auf unsre Bitte und Anfrage.

Ihr Schritt war elastisch, und ihr Blick, wenn
auch nicht gerade heiter, doch auch nicht von der Art,

daß er getäuschte Erwartung verrathen hätte. Etwas
Bestimmtes wußten wir jedoch nicht eher, als bis
ihre Worte uns über die Antwort des Häuptlings
Aufschluß gaben.

Zu einem offenen Auftreten gegen die Mormonen konnte er, wie Marian gleich vorausgesagt, sich
nicht verstehen. Die Geschichte hatte aber seine Sympathie erweckt und er hatte sogar einen Plan vorge-
schlagen, mittelst dessen wir unsere Absicht ohne seine
Einmischung ausführen konnten.

Es war folgender:

Der Reiter, der so eben angekommen, war ein
Bote von den Mormonen. Nicht im Stande, den
Coochetopa=Paß zu finden, lagerten sie noch in dem
großen Thale von San=Luis, an den Ufern des Rio
del Norte.

Der Einzige von ihnen, welcher schon einmal
eine Reise über die Ebenen gemacht, war ihr Anführer — natürlich Stebbins — und da er beim
Spurwege der Cherokesen und dem sogenannten
Bridger's=Paß gefolgt war, so hatte er durchaus keine
Kenntniß von der Straße, die sie jetzt eingeschlagen
hatten. Sie bedurften eines Führers, und da sie
dem Indianer begegnet waren und von ihm erfahren
hatten, daß er zu der — wie er ihnen sagte, nicht

weit entfernten — Schaar Wa—ka—ra's gehörte, so
hatten sie ihn an den Utah=Häuptling mit der Bitte
gesendet, daß Letzterer ihnen einen Führer und zwei
oder drei seiner besten Jäger.schicken möge.

Ehe noch Marian mit ihrer Erklärung zu Ende
war, hatte ich den Plan errathen. Wir sollten
die Rolle des Führers und der Jäger spielen. Dies
war der Vorschlag des Utah=Häuptlings.

Er war vollkommen ausführbar. Nichts ist
leichter als das Aussehen des amerikanischen Indianers nachzuahmen. Die Farbe der Haut macht
keine Schwierigkeit. Ocker, Kohle und Zinnober
machen den rothen und den weißen Mann einander
so ähnlich als es gewünscht wird, und was das Haar
betrifft, so ist der schwarze Schweif eines Pferdes,
durch die große Federmütze, mit ihrem rückwärts hin-
abfallenden Kammbusche, halb bedeckt, eine Verkleidung, die nicht zu entdecken ist. Der stolze Wilde
nimmt seine Adlerfedern vor keinem lebenden Menschen ab, und selbst der zudringlichste Mormone würde
nicht wagen, den Haarschmuck eines Utah=Indianers
einer allzugenauen Besichtigung zu unterziehen.

Dieser Plan ward ferner ausführbar durch
einen neuen und fähigen Bundesgenossen, der sich uns
anschloß. Dies war der wackere Trapper „Stelzbein,"

der auf einen ihm von dem Utah-Häuptlinge gegebenen Wink sich erbot, die Rolle des Führers zu übernehmen. Der Mexikaner hatte schon eine instinctartige Anthipathie gegen die mormonischen heretioos gefaßt, und auf seine Treue gegen uns konnten wir uns verlassen. Der Plan sagte dem excentrischen Charakter dieses Mannes zu und er übernahm seine Aufgabe con amore und sofort.

Durch seinen Beistand verschafften wir uns bald die erforderlichen Costüms und Färbestoffe, aber Nichts davon sollte in Gegenwart der Utah's an- oder aufgelegt werden.

Es war nothwendig, daß ihr Häuptling sich nicht durch eine allzuersichtliche Intervention compromittirte.

Der freundliche Häuptling hatte Marian noch ein fernerweites Versprechen angedeutet und sogar eine offene Einmischung zu unsern Gunsten in Aussicht gestellt, wenn eine solche Einmischung nöthig würde. Er wollte der Mormonen-Karawane dicht auf dem Fuße folgen, und im Fall unser Plan fehlschlug, dann seinen Einfluß zu unsern Gunsten aufbieten.

Dies wäre die beste Nachricht von allen gewesen. Wenn uns eine solche Aussicht zur Seite stand, dann hätten wir in Bezug auf den Ausgang nur wenig zu fürchten gehabt, aber leider ereignete sich, ehe wir den Platz verließen, ein Vorfall, welcher drohte, den Utah-Häuptling an der Erfüllung dieses Versprechens, wie bestimmt er es auch gegeben haben mochte, zu hindern.

Neuntes Kapitel.

Beschützter und Beschützte.

Der eben angedeutete Vorfall bestand in der Ankunft eines Kundschafters, welcher nach dem Kampfe die Spur der Arapaho's verfolgt hatte. Dieser Mann brachte die Nachricht, daß der zerstreute Feind sich wieder gesammelt, daß er auf der Flucht einer starken Kriegspartei seines eigenen Stammes in Begleitung einer andern von ihren Bundesgenossen, den Cheyennes, begegnet war, daß beide zusammen eine Schaar von mehrern hundert Kriegern bildeten, und daß sie jetzt nach dem Thale des Huerfano zögen, um Rache für die Niederlage zu nehmen, welche Roth-Hand erlitten!

Diese unerwartete Meldung machte dem Scalptanze sofort ein Ende und gab der ganzen Scene eine andere Gestalt.

Die Frauen eilten mit lautem Geschrei auf ihre Pferde zu, in der Absicht, sich an einen sichern Platz zu flüchten, während die Krieger nach ihren Waffen sahen — entschlossen, dem heranziehenden Feinde Stand zu halten. Man erwartete nicht, daß der Feind seinen Angriff sofort machen würde; sicherlich nicht vor Einbruch der Nacht und vielleicht erst in mehrern Tagen.

Die Vorbereitungen zu seinem Empfange wurden daher mit der ganzen Kaltblütigkeit und Ruhe begonnen, welche Angriff oder Vertheidigung erforderlich machten.

Der Zusammenstoß fand wirklich statt, aber den Ausgang erfuhr ich erst später. Die Utah's waren abermals siegreich. Wa—ka—ra gab bei diesem Kampfe einen abermaligen Beweis von seinem strategischen Talent. Er hatte seinen Standpunkt bei der Butte genommen, mit nur der Hälfte seiner Krieger, die er aber so vertheilt, daß sie die ganze Schaar zu sein schienen.

Diese konnten mit ihren Kugelbüchsen den Hügel sehr leicht gegen die Pfeile des Feindes vertheidigen, und thaten dies auch während eines Sturmes, der mehrere Stunden dauerte.

Mittlerweile war die andere Hälfte seiner Schaar auf den Anhöhen postirt worden, wo sie durch die

Cedern unsichtbar gemacht wurden. In der Nacht
waren sie wieder herabgekommen, hatten sich unerwartet den verbündeten Feinden genähert und waren
ihnen in den Rücken gefallen.

Ein vorher verabredeter Ausfall von dem
Hügel hatte vollständige Verwirrung in den Reihen
ihrer Feinde angerichtet und die Utah's errangen
nicht blos einen Sieg, sondern auch genug „Haar",
um den Scalptanz einen ganzen Monat lang an-
dauern lassen zu können.

Erst später kamen, wie ich schon gesagt habe,
diese Thatsachen zu meiner Kenntniß. Ich habe sie
aber hier gleich mit erwähnt, um zu zeigen, daß
wir nicht länger uns auf thätige Einmischung von
Seiten des Utah-Häuptlings verlassen konnten, und
wir waren deßhalb nur um so mehr überzeugt, daß
wir auf unsere eigenen Hilfsmittel angewiesen sein
würden.

Die Utah's verriethen keinen Wunsch, uns
zurückzuhalten. Sie besaßen Vertrauen auf ihre
eigene Kraft und auf die Feuerwaffen, welche sie
sehr gut zu führen verstanden, und nachdem wir dem
freundlichen Häuptlinge für den großen Dienst, den
er uns geleistet, gedankt und unsern verwundeten
Kameraden seiner Obhut anvertraut, schieden wir
ohne weitere Umstände von ihm.

Bei seinem Abschiede von Marian war ich nicht zugegen. Es fand zwischen ihnen noch eine Unterredung statt; von welcher Art dieselbe aber war, konnte ich nicht sagen.

Die Jägerin war zurückgeblieben, und da die Uebrigen immer vorangeritten waren, so war keiner von uns bei dieser Trennungsscene gegenwärtig. Vielleicht versprachen sie einander, sich wiederzusehen, denn dies ward von Allen von uns erwartet; von welcher Art aber die Gefühle waren, mit welchen der Indianer sich von seiner bleichen Schützlingin trennte, dies erfuhr ich nie.

Es war schwer zu glauben, daß der junge Häuptling dieses so wunderbar schöne Antlitz so lange betrachtet haben könne, ohne eine Leidenschaft für die Eignerin desselben zu fassen. Eben so schwer war es, zu glauben, daß, wenn diese Leidenschaft wirklich bestand, er Marian auf diese Weise den Armen eines Andern überlassen haben würde. Eine so uneigennützige That wäre ein hoher Beweis seines Edelsinnes gewesen und hätte ihn zum Rollo des Nordens gestempelt.

Wenn die Leidenschaft aber auch wirklich vorhanden war, so mußte er, daß keine Gegenseitigkeit bestehen konnte. Als Marian uns nachgaloppirt kam und in die Augen des schönen Jägers schaute,

der nun ganz ihr angehören sollte, da verrieth ihr
feuriger Blick, daß Wingrove der stolze Besitzer
dieses herrlichen Wesens war.

Indem Marian sich freiwillig entschloß, uns
auf unserer Expedition zu begleiten, setzte sie sich
einer furchtbaren Gefahr aus. Die der Uebrigen von
uns war im Verhältniß geringfügig. Wir riskirten,
beim Lichte besehen, weiter Nichts als das Mißlingen
unserer Pläne und eine sichere Strafe, wenn wir bei
der Entführung auf frischer That ertappt wurden.
Aber selbst dafür konnten die Heiligen kaum unser
Leben verlangen, ausgenommen wenn wir in der
Hitze sofort und auf der Stelle erschlagen wurden.

Marian's Stellung war dagegen eine ganz
andere. Der Mormonenapostel, mochte er nun ihr
uneigentlicher oder wirklicher Gatte sein, konnte
Anspruch auf sie machen und that es auch sicherlich.
Es gab in diesem Lande kein Gesetz — auf alle
Fälle keine Macht — die ihn hinderte, zu handeln,
wie ihm beliebte, und es war sehr leicht vorauszu-
sehen, worin sein apostolisches Belieben bestehen
würde. Schon Wingrove's Gegenwart mußte ihn
zu einer furchtbaren Rache anstacheln, und ward ihre
indianische Verkleidung entdeckt, so konnte Marian
einem Schicksal entgegensehen, welches von ihr schon
für schlimmer erklärt worden war als der Tod.

Dies Alles sah sie recht wohl ein, aber es vermochte nicht, sie von ihrem Entschlusse abwendig zu machen. Ihre Zuneigung zu Lilian — ihr inniger Wunsch, ihre Schwester von der ihr drohenden Gefahr zu retten, machte sie rücksichtslos auf ihre eigene, und sie hatte den muthigen Entschluß gefaßt, Allem zu trotzen, auf das Glück und ihren eigenen festen Willen zu bauen und somit die glückliche Ausführung ihres Vorhabens zu hoffen.

Von diesem Vorhaben versuchte ich nun auch nicht mehr ihr abzureden. Wie hätte ich dies auch gekonnt? Ohne ihre Mithilfe erwiesen meine eigenen Bestrebungen sich vielleicht vergeblich und fruchtlos. Mir schenkte Lilian vielleicht kein Gehör. Der geheime Einfluß, auf welchen ich so zuversichtlich gerechnet, bestand vielleicht blos noch in einem verminderten Grade. Vielleicht war er auf immer dahin.

Seltsamer Weise, obschon ich aus jenen liegengelassenen Blumen einen für mich schmeichelhaften Schluß gezogen, so erweckte das Bouquet jedes Mal, wo ich daran dachte, ein empfindliches Gefühl von Schmerz.

Konnte nicht Der, welcher sich auf so schlaue Weise zu bewerben verstand, in gewissem Grade auf

Erfolg hoffen? Und hatte ihr Herz dem Drängen eines so schlauen Belagerers zu widerstehen vermocht?

Mein Einfluß konnte in der That dahin sein, oder, wenn noch ein Rest davon übrig war, so vermochte er doch vielleicht nicht gegen den ihres Vaters — dieses furchtbaren Vaters — aufzukommen.

Was fragte er nach einem Kinde, da er schon ein zweites zur Schande verlockt?

Von diesen Gedanken bewegt, versuchte ich daher nicht, Marian von ihrem Vorsatze abwendig zu machen. Im Gegentheil ermuthigte ich sie eher in demselben. Auf ihren Einfluß bei Lilian hatte ich jetzt mein hauptsächliches Vertrauen gesetzt. Ohne dieses wäre ich fast aller Hoffnung beraubt gewesen.

Es konnte sich herausstellen, daß Lilian mich nicht mehr liebte. Die Zeit, oder die Abwesenheit konnte meinen Namen von der weichen Tafel ihres jungen Herzens verwischt und vielleicht einen andern darauf geschrieben haben.

Wenn dem so war, so ward dadurch meinem Herzen ein tiefer Schmerz bereitet; aber selbst dann wollte ich nicht, daß das ihrige geopfert würde. Sie durfte nicht das Schlachtopfer eines Schurken werden, wenn meine Hand es hindern konnte.

„Nein, Lilian; obschon Du für mich vielleicht verloren bist, so will ich doch die Bitterkeit Deines Schicksals nicht erhöhen, und der Becher meines Kummers wird jedenfalls bitter genug sein, ohne daß ich die Galle der Rache darunter zu mischen brauche."

Zehntes Kapitel.

Die Verkleidung.

Wir ritten wieder nach dem obern Canon des Huerfano, indem wir uns längs dem Ufer des Stromes hielten. Zehn englische Meilen weiterhin kamen wir an die Stelle, wo die beiden Spurwege sich theilten, von welchen der südlichere den Cuchaba hinauf nach dem Passe Sangre de Cristo führte.

Diesen hatten die Goldsucher in Begleitung der Dragoner eingeschlagen. Die Letztern waren auf dem Marsche nach dem neuen Militairposten Fort Massachusetts, und die Erstern hatten ohne Zweifel die Absicht, die Linie des Gila oder Mohave nach ihrem noch fernen Bestimmungsorte, den Goldlagern von Californien, zu verfolgen.

Oberhalb seines obern Canon biegt der Huer=
fano sich plötzlich nach Norden und an seinen Ufern
hinauf führt die Straße nach Robideau's Passe —
dieselbe, welche von der Karawane der Mormonen
eingeschlagen worden.

Es kostete uns keine große Mühe, ihre Spur
zu verfolgen. Die Rad= und Hufspuren hatten eine
sehr deutliche Straße gezogen und die Zahl beider
verrieth, daß die Gesellschaft eine zahlreiche war —
viel zahlreicher als unsere frühern Erkundigungen
uns hatten vermuthen lassen.

Es war dies von geringerer Bedeutung, da
wir ja auf keinen Fall Gewalt zu Ausführung
unserer Absichten hätten anwenden können.

Ich betrachtete es eher als einen günstigen
Umstand. Je größer die Menge war, desto weniger
wahrscheinlich war es, daß eine einzelne Person genau
beobachtet oder schnell vermißt ward.

Wir erreichten Robideau's Paß, als die Sonne
eben hinter der großen Ebene San Luis hinabsank.
Innerhalb des Passes stießen wir auf den Platz, wo
die Mormonen gelagert hatten.

Es war ihr Bivouak in der vorigen Nacht gewesen. Die Wölfe trieben sich noch um die glim-
menden Feuer herum, deren halbverbrannte Reiser
noch wirbelnde Rauchwolken emporsteigen ließen.

Nun kannten wir die Geschichte des weggenom=
menen Wagens und der erschlagenen Treiber. Unser
Führer hatte sie von dem Utah=Boten erfahren.
Der Wagen hatte den Mormonen gehört, welche zu
der Zeit, wo die Arapaho's ihren Angriff machten,
nur eine kurze Strecke voraus waren. Anstatt um=
zukehren und ihren unglücklichen Kameraden zu Hilfe
zu eilen, hatte ihre Furcht vor den Indianern sie
bewogen, dem napoleonischen Wahlspruche: „Sauve qui
peut“ zu folgen, und sie waren weiter geeilt, ohne
Halt zu machen, bis in dem Robideau=Passe die Nacht
sie ereilte.

Diese Mittheilung setzte mich in den Stand,
zu erklären, was mir jetzt von Seiten der Escorte
eine sehr seltsame Handlungsweise zu sein geschienen
hatte.

Der Ruf der Schlachtopfer, welche bei dem
Angriffe der Arapaho's gefallen waren, erklärte
gewissermaßen die Gleichgültigkeit der Dragoner.
Mit dem Schutze der Mormonen hatten sie Nichts
zu schaffen und es war sehr wahrscheinlich, daß sie
sie ihrem Schicksale überließen.

Der Führer aber hatte ermittelt, daß sowohl
Goldgräber als Dragoner — ihrer heuchlerischen
Reisegefährten überdrüssig — sich von ihnen getrennt
hatten, und da sie weit voraus waren, so mußten

ste aller Wahrscheinlichkeit nach Nichts von dem
blutigen Drama, welches in dem Thale des Huerfano
aufgeführt worden.

Wir beschlossen, auf dem Boden des verlassenen
Lagers ebenfalls zu übernachten.

Nach der Mittheilung unseres Führers waren
die Mormonen uns etwa dreißig Meilen voraus.
Sie lagerten an den Ufern des Rio del Norte und
warteten dort auf die Antwort des Utah-Häuptlings.
Diese wollten wir am nächstfolgenden Tage selbst
überbringen.

Nachdem wir den Coyoté's ihren Abschied gegeben, begannen wir unsere Büffelzelte aufzuschlagen.
Zwei derselben, die wir von den befreundeten Utah's
geliehen, bildeten einen Theil des Gepäcks unserer
Maulthiere. Eins war für den Gebrauch der Jägerin
bestimmt, das andere sollte unsere übrige Gesellschaft
beherbergen.

Nicht als ob wir nicht Alle — selbst Marian
— ein solches Obdach hätten entbehren können. Wir
hatten einen andern Zweck, indem wir uns auf diese
Weise verforgten. Es war vielleicht nöthig, einige
Tage in Gesellschaft der Heiligen zu reisen, und in
diesem Falle dienten die Zelte nicht blos als Obdach,
sondern auch als Versteck. Die dichte Decke der

Häute schützte uns vor dem allzuforschenden Blicke
unserer Reisegefährten, und aller Wahrscheinlichkeit
nach bedurften wir — die Jäger der Gesellschaft —
eines solchen Verstecks, um unsere Verkleidung, die
vielleicht auf der Jagd in Unordnung gekommen
war, wieder in Ordnung zu bringen.

Von den Zelten gedeckt, konnten wir unsere
Toilette erneuen, ohne Gefahr zu laufen, belästigt
zu werden. Hauptsächlich aus diesem Grunde also
hatten wir uns mit den Zelten belastet.

Bis jetzt hatten wir unsere indianische Verkleidung noch nicht angelegt. Die erste Scene der Tra-
vestie war dem Morgen vorbehalten.

Bei Tagesanbruch begann sie, und Stelzbein
fungirte als Obercostümier.

Der Trapper selbst bedurfte keiner Verkleidung.
Da er den Mormonen unbekannt war, so hatten sie
in Bezug auf ihn auch sicherlich keinen Argwohn und
er konnte in seinem mexikanischen Costüm als Führer
agiren.

Dies setzte ihn in den Stand, den Uebrigen
von uns seine Dienste zu widmen und uns bei unserer
heraldischen Ausstaffirung seinen Beistand angedeihen
zu lassen.

Meine ohnehin ziemlich markirten Züge machten

es um so leichter, einen Indianer aus mir zu machen, und eine gleichförmige Schicht Zinnober auf Hals, Gesicht und Händen verwandelte mich in einen ziemlich furchtbaren Krieger. Das Jagdhemd von Wildleder, Beinkleider und Lederstrümpfe verbargen den übrigen Theil meiner Haut, und der auf geschickte Weise mit meinem eigenen schwarzen Haar verschmolzene Pferdeschwanz nebst der gefiederten Mütze und dem über Alles herabfallenden Kammbusch vervollständigte ein Costüm, welches mir auf einem Pariser Masken= balle zur Ehre gereicht haben würde.

Mit derselben Leichtigkeit bewirkten wir die Metamorphose des jungen Hinterwäldlers, aber nicht so leicht die unseres Freundes Sicherschuß. Die Stumpfnase, das dünne gelbe Haar und die grünlich grauen Augen schienen für die Indianisirung des ehemaligen Scharfschützen unübersteigliche Hindernisse zu sein.

Stelzbein erwies sich jedoch als ein ungemein gewandter Künstler. Das Haar des Scharfschützen gewann, nachdem es gehörig mit Holzkohlenteig ge= sättigt worden, eine ganz andere Farbe. Ein schwarzer Ring um jedes Auge neutralisirte die Farbe der Iris sowohl als der Pupille.

Das Gesicht bekam erst eine Grundfarbe von rothem Ocker, während etwa ein halbes Dutzend dunkle Streifen, die sich der Länge nach darüber hin und parallel nach der Nase zogen, die stumpfe Form derselben zu verändern schienen und den Yankee in einen so guten Indianer verwandelten, wie nur irgend einer zu finden war.

Marian war ihr eigener Costümier, und während wir draußen beschäftigt waren, machte sie ihre Toilette innerhalb des Zeltes.

Ihr Costüm bedurfte nur wenig Umänderung, denn es war schon indianisch. Nur ihr Gesicht bedurfte einer Maske, und wie war diese herzustellen?

Ich war, die Wahrheit zu gestehen, in Bezug auf ihre Verkleidung sehr ängstlich. Ich konnte nicht umhin, an das furchtbare Schicksal zu denken, welches ihrer harrte, wenn der Betrug entdeckt und ihre Person erkannt ward.

Dieser Gedanke hatte mir schon während der ganzen Zeit viel Unruhe gemacht und ich hatte mich bemüht, irgend Etwas zu ersinnen, wodurch die Unklugheit, sich in dem Mormonen-Lager zu zeigen, sich vermeiden ließe.

Der Gedanke an Lilian aber — die gefährliche Lage, in der sie sich befand — vielleicht mehr als Alles der Egoismus meiner Liebe, hatte mich abgehalten, an irgend eine bestimmte Alternative zu denken.

Als ich die Jägerin aus ihrem Zelte treten sah, während ihr Gesicht von dem Safte der Allegria-Beeren purpurroth gefärbt war, jede ihrer Wangen einen Ring von rothen Punkten zeigte und eine Linie ähnlicher Punkte sich über ihre Stirn zog, fühlte ich hinsichtlich des Ausgangs keine Furcht mehr.

Obschon die gräßliche Tättowirung die Reize ihres sprechenden Antlitzes nicht verbergen konnte, so hatte sie den Ausdruck desselben doch so verändert, daß selbst Wingrove sie nicht erkannt haben würde. Um wie viel eher mußte sie daher dem forschenden Blick ihres Vaters und ihres falschen Gatten trotzen können!

Wir waren nun Alle zu der Komödie fertig, und nachdem wir unsere abgelegten Kleider auf geeignete Weise versteckt, brachen wir die Zelte ab und gingen der wirklichen Aufführung entgegen.

Der treue Wolf begleitete uns. Es geschah gegen meinen Wunsch und auch dem Rathe unseres Führers entgegen; Marian aber wollte sich durchaus nicht von einem Begleiter trennen, der sie schon mehr als ein Mal gegen grausame Feinde beschützt hatte.

Der Hund war eben so umgestaltet worden wie
wir selbst. Sein zottiges Haar war abgeschoren,
sein Schwanz so glatt gestutzt wie der eines Wind-
hundes — seine Haut überdies nach Indianerweise
bemalt, und es ließ sich daher kaum erwarten, daß
das Thier erkannt werden würde.

Eilftes Kapitel.

———

Die Mormonenkarawane.

Ein Ritt von wenigen Stunden brachte uns an das westliche Ende des Passes, und als wir um einen Ausläufer des Gebirges bogen, breitete sich plötzlich eine weite Ebene vor unsern Blicken aus.

„Mira!" rief der mexikanische Trapper, „el campamento de los Judios! (Schaut, das Lager der Juden!)"

Der Führer machte Halt, während er sprach. Wir Uebrigen folgten seinem Beispiele und schaueten, indem wir dies thaten, in der Richtung hin, nach welcher er zeigte.

Die Ebene, die sich vor uns ausbreitete, war das große Thal San Luis, bot aber keins von den

charakteristischen Kennzeichen dar, welche wir gewöhn=
lich mit dem Worte „Thal" in Verbindung bringen.

Im Gegentheil war die Fläche desselben voll=
kommen eben und hatte ganz das Ansehen eines
ruhigen Sees. Bei dem weißdunstigen Nebel, der
darüber schwebte, konnte man es sehr leicht fälschlich
für eine Fläche Meerwasser halten.

Auf den ersten Anblick schien dieses sogenannte
Thal blos von dem Horizonte begrenzt zu sein, ein
scharfes Auge aber konnte den westlichen Rand be=
merken — in den schwachen Umrissen der Sierra
San Juan mit den helleren Gipfeln des Silber=
gebirges (Sierra de la Plata) dahinter.

Deutlicher zeigten sich gegen Norden die wal=
digen Abhänge der Sierras Mojada und Sawatch,
während rechts und links die mit Schnee bedeckten
Gipfel des Pike und des Watoyah emporragten,
gleich riesigen Schildwachen, welche den Zugang zu
diesem schönen von Gebirgen umgürteten Thale be=
wachten.

Alles Dies überschaute man mit einem einzigen
Blicke, und zugleich sah das Auge wirkliches Wasser,
welches wie ein funkelndes Band sich durch die Mitte
der Ebene schlängelte.

Unter den tanzenden Sonnenstrahlen schien es
in Bewegung zu sein, und indem es sich wiederholt

über den Schooß des ebenen Bodens krümmte, glich
es einer riesigen funkelnden Schlange, die aus dem
geheimnißvollen Gebirge der Silber-Sierra hervor-
gekrochen kam und sich langsam und leise weiter nach
dem fernen Meere bewegte.

Von der Höhe, auf welcher wir standen, konnten
wir diese vielfachen Windungen fast bis an die ferne
Sierra von San Juan verfolgen, und in der Krüm-
mung einer derselben — beinahe an dem äußersten
Rande unseres Gesichtskreises — erblickten wir el
campamento de los Judios.

Wenn wir nicht darauf vorbereitet gewesen
wären, so würde es uns nimmermehr eingefallen
sein, das, was wir sahen, für ein Lager von
Mormonen oder Menschen irgend einer Art zu
halten.

Unter dem weißen nebeligen Schleier, der
über der Ebene schwamm, waren etwa ein halbes
Dutzend kleine Punkte von intensiverem Weiß eben
nur sichtbar.

Diese Punkte erklärte der Mexikaner für los
carros (die Wagen).

Ich hatte mein Fernglas wieder erlangt und
nahm es nun in Gebrauch. Ein Blick durch dasselbe
hindurch setzte mich in den Stand, die Behauptung
des Trappers zu bestätigen.

Die weißen Punkte waren Wagenplanen — sie konnten keine andern sein als die der Mormonen-Karawane.

Ich konnte ungefähr ein halbes Dutzend unter-scheiden, aber es waren noch mehrere andere dahinter. Die, welche man sah, standen in einer regelmäßigen Reihe, mit den langen Seiten nach uns, und bildeten ohne Zweifel den vierten Theil eines sogenannten „Corral".

Ich sah mich nach lebenden Gestalten um.

Diese waren durch das Glas ebenfalls sichtbar — Menschen und Thiere.

Von den letztern konnte man eine zahlreiche Heerde von verschiedenen Gattungen und Farben sehen, und zwar auf der Ebene in einiger Entfernung von den Wagen.

Die Männer bewegten sich um die Fuhrwerke umher — auch Frauen konnte ich durch ihre Klei-dung unterscheiden, doch war die Entfernung zu groß für mich, um die Beschäftigungen eines der beiden Geschlechter zu erspähen — selbst nicht mit Hilfe des Vergrößerungsglases war es möglich.

Sie sahen aus wie Liliputer — Männer sowohl als Frauen — während die Pferde und andern Thiere für eine Meute Hunde hätten angesehen werden können.

Es konnte uns auch weiter Nichts daran liegen, ihre Beschäftigung zu wissen, oder auch was sie thun würden, wenn wir an Ort und Stelle ankämen.

Wir hatte durchaus nicht die Absicht, sie zu beschleichen. Auf unsere vollständige Verkleidung vertrauend, beabsichtigten wir, keck vorwärts zu reiten — da nöthig, mitten in das Lager hinein.

Es war jetzt die Mittagsstunde und wir machten Halt, um uns zu lagern.

Obschon die Entfernung, die uns von dem Mormonenlager trennte, noch bedeutend war, so hatten wir doch keine Eile. Wir hatten uns vorgenommen, uns den Heiligen nicht eher anzuschließen als bis gegen Sonnenuntergang.

Wir wußten, daß neugierige Augen auf uns gerichtet werden würden, und in der Stunde des Zwielichts waren wir ihren forschenden Blicken weniger ausgesetzt.

Allerdings hätten wir uns auch erst in der Nacht nähern und dann uns mit noch größerer Sicherheit als Indianer geriren können.

Der Morgen aber brachte doch jedenfalls neues Licht, während die Neugier noch unbefriedigt war, und dies wäre für uns weniger vortheilhaft gewesen. Hatte man uns dagegen eine halbe Stunde betrachtet und beobachtet, so war die Neuheit unserer Ankunft vorüber. Dazu war die halbe Stunde des Zwielichts die beste Zeit.

Ohne Zweifel waren sie vielen Parteien befreundeter Indianer auf ihrem Zuge durch die großen Ebenen begegnet. Es hatten sich sogar einige unter ihren Reisegefährten befunden und sie betrachteten uns sicherlich kaum als eine Curiosität.

Wir hatten auch noch einen andern Grund, weßhalb wir das Lager vor Einbruch der Nacht zu erreichen wünschten.

Wir brauchten einige Minuten Zeit, um uns von der Position des „Corral" zu unterrichten und uns mit der Topographie der umliegenden Ebene bekannt zu machen.

Wer konnte sagen, welcher Zufall sich hier zu unsern Gunsten herausstellte? Noch in derselben Nacht konnte sich eine Gelegenheit eben so leicht ergeben wie später, und vielleicht unter günstigeren Umständen.

Wir empfanden keinen Wunsch, unser Amt als Führer und Jäger anzutreten. Wir waren nur zu geneigt, diese Rolle aufzugeben, selbst noch ehe wir sie begannen.

Die letzten Strahlen der untergehenden Sonne

funkelten auf dem Selenit der Silbergebirge, als wir
uns dem Lager der Heiligen näherten.

Wir waren jetzt nahe genug, um die Dimensionen der Karawane ermessen zu können.

Es waren ungefähr zwanzig große mit Planen
versehene Wagen — Troja und Conestoga — nebst
einigen kleinern Fuhrwerken — Dearborns und
Jersey's.

Die letztern, auf Federn ruhend, waren ohne
Zweifel die luxuriöseren Reisewagen solcher Heiligen,
die sich daheim in wohlhabenderen Umständen befanden, während die von Ochsen gezogenen Conestogas
dem gemeinen Haufen angehörten. Von den größern
Wagen hatte man einen sogenannten Corral gebildet,
wie dies bei den Prairiekarawanen gewöhnlich zu
geschehen pflegt.

Eine solche Einhegung ist auf folgende Weise
construirt.

Die beiden vorbersten Wagen werden neben
einander und dicht beisammen gestellt. Die beiden,
welche zunächst auf dem Wege folgen, werden außerhalb der ersten aufgefahren, so daß die Vorder-
räder die Hinterräder jener ersten berühren. Das
nächstfolgende Paar schiebt seine Deichseln in diese
hinein und so weiter, bis die halbe Karawane ver-
wendet ist.

Vollständig ist die Wagenburg aber jetzt noch nicht. Sie bildet blos einen Halbkreis, oder vielmehr eine halbe Ellipse, und die entsprechende Hälfte wird durch eine kleine Veränderung in der Art und Weise erlangt, wie man die noch übrigen Fuhrwerke heranzieht.

Dies geschieht so, daß die Rückseite eines jeden nach innen gekehrt ist — im Gegensatz zu dem Verfahren, welches bei der ersten Hälfte beobachtet worden — und die doppelte Curve, welche vorher fortwährend divergirte, wird jetzt convergirend.

Wenn alle Wagen auf ihre Plätze gebracht sind, ist die Ellipse vollständig, doch ist es gebräuchlich, einen offenen Raum am Ende zu lassen — eine Art Gang, mittelst dessen man in die Wagenburg hinein gelangen kann.

Wenn Pferde und andere Thiere zu verwahren sind, so kann dieser Eingang durch bloßes Vorziehen eines Seils geschlossen werden.

Fürchtet man Gefahr, so können die Reisenden selbst sich innerhalb dieser Einhegung lagern, und die Wagen bilden einen ganz vortrefflichen Vertheidigungswall.

Die Planen dienen als Zelte und unter ihrer geräumigen Bedeckung pflegen die weiblichen Mit-

glieder der Auswandererfamilien bequem und sicher
zu schlafen. Ausgestellte Schildwachen und noch
weiter postirte Reiter geben sofort Kunde von der
Annäherung eines Feindes.

Als wir uns dem Lager der Mormonen näherten, bemerkten wir, daß sie ihren Corral nach dieser
bewährten Weise construirt hatten. Die meisten der
leichtern Fuhrwerke befanden sich innerhalb der Einhegung, und hier sahen wir die Gestalten von Frauen
und Kindern sich in aufgeregter Weise hin und her
bewegen, als ob sie sich, unsere Annäherung bemer-
kend, hierher zurückgezogen hätten.

Die Männer blieben noch draußen, und die
Pferde und das Hornvieh waren ebenfalls geblieben,
wo sie waren.

Unsere Gesellschaft war nicht zahlreich genug,
um Befürchtungen zu erregen, selbst wenn unsere
Ankunft nicht erwartet worden wäre. Dies konnte
aber kaum der Fall sein. Ohne Zweifel hielten sie
uns für das, was wir waren — für die Abgesandten
des Utahhäuptlings.

Als wir nur noch wenige hundert Schritte von
dem Lager entfernt waren, kam eine Anzahl, die
schon zu Pferde saß, auf uns zu getrabt. Archilete
hatte ein Stück weißes Rehfell an seinen Ladestock

gebunden und hielt es empor — das weltbekannte Symbol des Friedens, welches auch bei den rothen Männern Amerika's dafür gilt.

Zur Antwort hielt man ein Handtuch, oder Tischtuch, oder etwas der Art in die Höhe und dann kamen die berittenen Mormonen auf uns zuge-sprengt.

Als wir vielleicht noch ein Dutzend Pferdelängen von einander entfernt waren, machten beide Parteien Halt, und der Mexikaner und der Anführer der Mor-monen trennten sich von ihren Leuten, näherten sich einander, reichten sich die Hand und begannen das Gespräch.

Was sie sagten, war ziemlich einfach. Ich konnte den Trapper in gebrochenem Englisch den Zweck unsers Kommens erklären hören.

Er sagte, daß er von Wa—ka—ra als Führer abgesendet worden und daß wir, seine compañeros, die Utah-Jäger wären, welche Wild für die Kara-wane beschaffen sollten.

Die Mormonen, welche auf uns zugeritten kamen, waren etwa ein halbes Dutzend an der Zahl, und ich hoffte, daß sie nicht aus Probeexemplaren der Karawane überhaupt bestünden.

Dies war — wie ich später erfuhr — auch

nicht der Fall. Es waren die Daniten oder Würgengel, welche die Karawane begleiteten.

„Würgteufel" wäre eine angemessenere Benennung gewesen, denn nie hatte ich sechs Kerle von schuftigerem und unheimlicherem Aeußerem gesehen.

Es war keine Spur von etwas Engelgleichem weder in ihren Augen, noch in ihren Zügen — es konnte Jeder vielmehr für eine Verkörperung des Gegentheils — für einen „eingefleischten Teufel" gelten.

Fünf von ihnen hatte ich nie zuvor gesehen — wenigstens entsann ich mich ihrer nicht. Den sechsten blos bei einer Gelegenheit — aber auf i h n besann ich mich recht wohl.

Wer einmal das Gesicht des ehemaligen Advokatenschreibers und ehemaligen Schulmeisters von Swampville gesehen, vergaß es sicherlich so bald nicht wieder.

Es war Stebbins selbst, der mit dem Mexikaner sprach.

Das Zwiegespräch war von kurzer Dauer. Das, was der Trapper erzählte, war kaum etwas Neues. Man hatte es erwartet und deßhalb ward es ohne Argwohn hingenommen.

Die Unterredung endete damit, daß Stebbins

auf einen Platz zeigte, wo wir unsere Zelte auf-
schlagen konnten — außerhalb der Wagenburg und
nahe am Ufer des Flusses.

Dies war gerade das, was wir wünschten, und
indem wir uns sofort nach der Stelle begaben, begannen wir unsere Geräthschaften auszupacken.

Zwölftes Kapitel.

Die Wagenburg.

Sobald unsere Eigenschaft bekannt ward, kamen die Heiligen in großen Haufen herbei. Die Wagenburg oder der Corral strömte seinen Inhalt aus, bis Neunzehntel der ganzen Karawane, Männer, Weiber und Kinder, dastanden und uns mit jenem Ausdrucke blödsinniger Verwunderung angafften, welcher den niedrigen Volksklassen sogenannter civilisirter Länder eigen zu sein pflegt.

Es gelang uns, die Feuerprobe dieses Angaffens mit der erheuchelten Miene der Gleichgültigkeit eines ächten Wilden auszuhalten.

Dieß ging indeß nicht ohne Anstrengung ab, denn es war nicht leicht, dem Triebe zum Lachen über die grotesken Ausrufungen und Bemerkungen zu

widerstehen, welche unser Aussehen und unsere Bewegungen dieser gaffenden Menge entlockten.

Wir waren so vorsichtig, auf diese Bemerkungen
weiter nicht zu achten, sondern thaten, als verstünden
wir sie nicht.

Stelzbein war mit Hülfe seines englisch=amerika-
nischen Kauderwälsch — welches er unter den Gebirgs-
männern aufgeschnappt, im Stande, sie durch eine
gelegentliche Antwort zufriedenzustellen.

Wir Uebrigen sagten Nichts, sondern schienen
blos mit unseren eigenen Angelegenheiten beschäftigt
zu sein.

Ich bemerkte, daß Marian vorzugsweise der
Gegenstand der Neugier und Verwunderung war, und
einen Augenblick lang hegte ich große Befürchtungen.
Sie hatte Nichts gethan, um ihr Geschlecht zu ver=
bergen, denn ihre Maske erstreckte sich blos auf ihr
Gesicht. Ihr Hals, ihre Hände und Handgelenke,
kurz Alles, was von ihrer Haut sichtbar werden
konnte — war natürlich nach Indianerweise gefärbt
und es wäre wenig Wahrscheinlichkeit vorhanden gewesen, daß durch einen zufälligen Blick die Wahrheit
entdeckt worden wäre.

Wäre Marian eine gewöhnliche Person gewesen,
so hätte sie mit ihrer Bemalung ohne Schwierigkeit
für eine Indianerin passiren können. So aber ver-

lockte ihre wollüstige Schönheit natürlich zu einer
genaueren Prüfung, und trotz ihres entstellten Gesich-
tes sah ich Blicke auf sie gerichtet, welche eine heimliche, aber leidenschaftliche Beobachtung verriethen.

Einige der Umstehenden nahmen sich nicht die
Mühe, ihre Bewunderung zu verhehlen.

„Eine verdammt hübsche Squaw!" bemerkte
Einer. „Wer ist sie denn eigentlich?" fragte er dann
den Führer.

„Die Squaw ein Utahmädchen," entgegnete der
Mexikaner in seinem Trapperkauderwälsch. Dann
zeigte er auf mich und fuhr fort. „Sie Schwester
von erste Jäger dort — sie auch Jägerin — sie jagen
Großhorn, Büffel, Hirsch. Carambo! Si! Sie große
cazadora!"

„Ach, ssschweigt doch mit Eurer cazadora! Ich
weiß nicht, was Ihr damit sagen wollt, wohl aber
weiß ich, wenn man dieser Squaw mit einer Bürste
und ein wenig Seife über das Gesicht führe, so würde
sie sich noch besser ausnehmen."

Der, welcher diese Bemerkung machte, war einer
von den Sechsen, welche uns bei unserer Ankunft
begrüßt hatten. Zwei oder drei seiner Kameraden
standen neben ihm und betrachteten das Mädchen mit
Luchs- oder vielmehr mit Wolfsaugen.

Stebbins selbst hatte, ehe er fortging, einen

eigenthümlich ausdrucksvollen Blick auf sie geworfen. Ein Erkennen lag nicht darin, sondern vielmehr ein Gedanke von noch niedrigerem Ursprunge.

Die Anderen fuhren fort, ihre spöttische Bewunderung zu erkennen zu geben, und ich war eben so froh als Marian selbst zu sein schien, als das Zelt aufgeschlagen war und sie sich nun dem Bereiche dieser unanständigen Gaffer entziehen konnte.

Wir hatten nun Gelegenheit, die Mormonen chez eux mêmes zu studiren, denn keiner von ihnen hatte auch nur die leiseste Ahnung, daß ihr Gespräch von uns verstanden ward.

Die Meisten von ihnen schienen der ärmeren Klasse von Auswanderern anzugehören. Es waren Feldarbeiter oder auch Handwerker, wie z. B. Schuhmacher, Schmiede, Tischler und dergleichen.

In den Gesichtern dieser Leute lag Nichts, was besondere Frömmigkeit oder besondere Lasterhaftigkeit verrathen hätte. Bei den Meisten war der Ausdruck einfach träg und thierisch, und es war augenscheinlich, daß sie gleichsam das Zuchtvieh der Heerde waren.

Es waren aber auch eine Anzahl andere Heilige unter ihnen zu bemerken — Menschen von anscheinend mehr Intelligenz, aber von noch schlafferer Moral, Menschen von corrupter Denk- und Lebensweise — früher vielleicht einmal den bessern Ständen ange-

hörend, aber gesunken — welche diese Pseudoreligion
in der Erwartung angenommen, dadurch mehr ihre
irdische als geistige Lage zu verbessern.

Der Einfluß dieser Letztern auf die Erstern
war offenkundig. Sie waren augenscheinlich Anfüh=
rer — Bischöfe oder Dekane — „Zehntner" oder
„Siebziger."

Es war eigenthümlich, auch Modegecken unter
ihnen zu sehen, und dennoch wie lächerlich ward dieses
Geckenthum hier zur Schau getragen! Mehr als
einer dieser Stutzer stolzirte in lackirten Stiefeln,
einem Pariser Seidenhute und feinen Tuchrocke einher.
Die zeitweilige Rast, die man hier gemacht, hatte
Gelegenheit zu Entfaltung persönlichen Schmuckes
geboten, und diese Schmetterlinge hatten diesen Um=
stand benutzt, um auf einige Stunden sich aus ihrem
Reisecostüm zu entpuppen!

Die Frauen gehörten allen Altersstufen und,
man konnte auch sagen, allen Nationen an. Ver=
schiedene europäische Zungen mischten sich in diesem
Sprachengewirr; die aber, welche vorherrschte, war
die Sprache ohne Vocale, das Kauderwälsch des Für=
stenthums Wales.

Das fortwährende Gezische dieser unaussprech=
lichen Sprache verrieth, daß die Söhne und Töchter
der Cymrier die Mehrzahl dieser Auswanderer aus=

machten. Viele von ihnen trugen noch ihre malerische Nationaltracht — den rothen Kapuzenmantel und Kittel — und einige waren unaussprechlich schön mit den herrlichen weißen Zähnen, dem feinen Teint und den rothen Wangen, die auch andern Zweigen des celtischen Stammes eigenthümlich, aber nirgends in solcher Vollkommenheit anzutreffen sind wie unter den cambrischen Schönen.

Ohne Zweifel waren es diese schönen, naiv lächelnden Gesichter, welche die angenehmen Schwerenöther bewogen hatten, ihre Koffer auszupacken.

Was meine Augen betraf, so verweilten sie nicht auf ihnen. Seit dem ersten Augenblicke unserer Ankunft hier hatte ich mit unablässig aufmerksamem Blicke die Oeffnung beobachtet, welche in den Corral hineinführte. Jede herauskommende Person — Mann oder Weib — war von mir scharf besichtigt worden.

Meine Blicke aber waren bis jetzt umsonst gewesen und ohne durch die Erkennung eines einzigen Individuums belohnt zu werden.

Der Eingang zu dem Corral befand sich ungefähr zweihundert Schritte von der Stelle, wo unsere Zelte aufgeschlagen wurden. Aber selbst in dieser Entfernung würde ich den kolossalen Squatter erkannt haben.

Was Lilian betraf, so würde der Instinkt meines Herzens sich selbst bei dem flüchtigsten und zufälligsten Blicke nicht geirrt haben.

Weder Vater noch Tochter hatten sich bis jetzt außerhalb der Wagenburg gezeigt, obschon alle Anderen herausgekommen waren und Viele schon wieder zurückkehrten.

Es war jedenfalls seltsam, daß sie so ganz anders handelten wie ihre Gefährten. Lilian allerdings war von dem Gesindel, welches sie hier umgab, völlig verschieden, aber doch hätte man meinen sollen, die Neugier — jener einfache kindliche Trieb, welcher der Jugend so natürlich ist — hätte sie herauslocken sollen, um unseren Federschmuck und unsere Malerei in Augenschein zu nehmen.

Daß Holt für seine Person einer solchen Neugier nicht zugänglich war, nahm mich allerdings weniger Wunder, von Lilian aber war es mir unerklärlich.

Mein Erstaunen wuchs, als eine Gestalt nach der andern aus der Wagenburg herauskam, nur nicht Die, nach welcher meine Augen späheten. Das Erstaunen ging allmählig in Kummer über und gewann dann den Charakter der Furcht und Besorgniß.

Diese Besorgniß hatte ich schon gehegt, aber in weniger bestimmter Form. Jetzt nahm sie die Gestalt eines grausamen Zweifels an — des Zweifels, ob sie überhaupt da sei — in der Wagenburg sowohl als irgendwo in dem Mormonenlager.

Hatten wir vielleicht doch den falschen Weg eingeschlagen? Konnte Holt nicht mit den Goldsuchern weiter gezogen sein? Die Geschichte, welche die Chickasaw erzählt, wollte Nichts sagen. Konnte Lilian unter dem Schutze jenes tapfern Dragoners mit der goldenen Quaste nicht —.

„Es ist sehr wahrscheinlich," murmelte ich bei mir selbst, „es ist höchst wahrscheinlich, daß sie nicht hier sind. Der Squatter hat sich vielleicht dem Willen seines apostolischen Begleiters widersetzt und ist, nachdem er sich von den Mormonen getrennt, mit den Goldsuchern weiter gezogen? — Doch, nein! Dort ist er! Es ist Holt, wie er leibt und lebt!"

Diese letzten Worte wurden durch das Erscheinen eines Mannes in dem Eingange zur Wagenburg hervorgerufen.

Er stand still und mußte den Platz, den er einnahm, nur erst den Augenblick zuvor erreicht haben, als meine Augen auf einen Augenblick abgewendet gewesen waren.

Der herkulische Körperbau, der große über die Brust herabhängende Bart verkündeten meinen Augen die unzweifelhafte Identität des Squatters von Tennessee und sein Costüm bestätigte sie.

Es war ganz dasselbe, welches er an jenem ver=
hängnißvollen Morgen getragen, als er mit seiner
langen Büchse vor mir stand, um mir das Lebenslicht
auszublasen.

Der weite Ueberrock von grünlichem Flanell,
jetzt noch ein wenig mehr verschossen als früher —
das rothe Hemd darunter — die bis an die Schenkel
hinauf reichenden Stiefeln von Roßleder — das rothe
wie ein Turban um den Kopf geschlungene Tuch,
dessen Zipfel über die zottigen Augenbrauen herab=
fielen — alles Dies stimmte genau mit dem Bilde
überein, welches sich meiner Erinnerung so unaus=
löschlich eingegraben.

Ich beobachtete ihn mit forschendem Blicke.
Hatte er die Absicht, näher zu kommen und uns in
Augenschein zu nehmen? Oder hatte er etwas
Anderes vor?

Er sah ernst und traurig aus, wie mir schien;
doch konnte ich aus so großer Entfernung den Aus=
druck seines Gesichts nicht deutlich wahrnehmen.
Neugier schien er nicht zu verrathen.

Blos ein Mal schaute er nach uns hin und dann
wendete er seine Augen nach der entgegengesetzten
Richtung.

Dies verrieth nicht, daß er sich viel um unsere
Gegenwart kümmerte, oder sich auf irgend eine Weise

8*

dafür interessirte. Aller Wahrscheinlichkeit nach theilte er nicht die kindische Neugier seiner Reisegefährten, mit welchen er auch in andern Beziehungen nur wenig Aehnlichkeit hatte.

Als er so in ihrer Mitte dastand, sah er aus wie ein grimmiger, aber majestätischer Löwe, von Hunden oder Schakals umringt.

Sein Benehmen gab noch eine fernerweite Aehnlichkeit mit dem großen Könige des Waldes an die Hand. Er schien mit seiner Umgebung kein Gespräch zu pflegen, sondern stand für sich allein und für den Augenblick regungslos wie eine Bildsäule.

Nur ein einziges Mal bemerkte ich, daß er gähnte und dabei seine riesigen Arme ausstreckte, wie um sich bei dieser unwillkürlichen Bewegung zu unterstützen.

Zu diesem Zwecke, und nur zu diesem schien er herausgekommen zu sein, denn bald darauf kehrte er in den Eingang des Corral zurück und verschwand hinter der Wagenburg.

Dreizehntes Kapitel.

―――

Die gebräunte Schönheit.

Diese Erscheinung — denn sie hatte Etwas von
dem Charakter einer solchen — stellte meinen Gleich-
muth wieder her. Holt war also bei der Mormonen-
Karawane und Lilian folglich auch.

Es kann sonderbar erscheinen, daß diese Kenntniß mir Beruhigung gewährte — daß ein Glaube,
der mich nur erst gestern noch bekümmerte, mich heute
mit Freude erfüllte.

Dieser anscheinende Widerspruch läßt sich aber
leicht erklären. Es war die Folge einer Veränderung
in der Lage. Mein Vertrauen auf das Gelingen
unseres Planes war nun befestigt — fast bis zur
Gewißheit. Wir hatten unsere Maßregeln so geschickt
getroffen, daß wir bei Erreichung des Zieles, nach

dem wir trachteten, keine große Schwierigkeit zu fürchten brauchten.

Unter den Heiligen hatte Niemand die leiseste Vermuthung über unsere wirkliche Eigenschaft — wenigstens hatte sich bis jetzt noch Nichts davon gezeigt.

Es stand uns frei, zu kommen und zu gehen, wie uns beliebte, denn eben die Beschaffenheit unseres Uebereinkommens verlangte dies.

Lager und Karawane waren uns in gleicher Weise zugänglich — zu allen Stunden, möchte ich sagen — und ganz gewiß fehlte es nicht an Gelegenheiten zu Erreichung unseres Zweckes.

Ein einziges Hinderniß verdiente in's Auge gefaßt zu werden: Der Wille Lilian's selbst.

Sie weigerte sich vielleicht noch, die Flucht zu ergreifen. Sie wollte sich vielleicht nicht dazu verstehen, ihren Vater zu verlassen. In diesem Falle waren unsere Bemühungen allerdings fruchtlos.

Hatte ich Grund, einen so ungünstigen Umstand zu erwarten? Gewiß nicht. Obschon vielleicht mein eigener Einfluß nicht mehr bestand, so hatte doch sicherlich ihre Schwester noch die Macht, sie zu überreden. Waren ihr einmal die Augen über den Verrath geöffnet, der ihr drohte, dann konnte in ihrer tugendhaften Brust nur ein Gedanke erwachen — der Gedanke, diesem schändlichen Verrathe zu entfliehen.

„Nein, nein," sagte ich bei mir selbst, „von dieser Seite her brauche ich keine Opposition zu fürchten. Allerdings ist Lilian noch ein Kind, aber ihre Tugend ist die eines jungfräulichen Herzens. Die Geschichte ihrer Schwester, wenn sie diese gehört hat, wird sie zum Bewußtsein ihrer eigenen Gefahr aufrütteln. Sie wird eben so bereit sein als wir, Maßregeln zu treffen, um sie abzuwenden."

Aus dieser Betrachtung Trost schöpfend, drehte ich mich herum, um nach meinem Pferde zu sehen.

Das wackere Thier war in der letzten Zeit sehr vernachläfsigt worden und bedurfte meiner Fürsorge.

Eine ungeheure mexikanische Silla, welche mit ihrem Zubehör und Schmucke die Hälfte seines Körpers bedeckte, würde es schon hinreichend erkenntlich gemacht haben, aber ich fürchtete nicht, daß man es erkennen würde.

Stebbins und Holt hatten Beide es gesehen, aber nur ein einziges Mal und noch dazu unter Umständen, die es nicht wahrscheinlich machten, daß sie genau darauf geachtet hatten.

Außerdem hätten sie sich vielleicht seiner sehr wohl erinnert, denn ein solches edles Roß ward, wenn man es ein Mal gesehen, nicht so leicht vergessen.

Ich hatte jedoch keine Furcht und stand eben im Begriffe, den Sattel herunterzunehmen, als meinen Augen sich ein Gegenstand zeigte, der mich in meiner Absicht unterbrach und mich bewog, mich starr und unbeweglich zu halten.

Auf dem freien Felde, kaum zwanzig Schritte von der Stelle, wo ich stand, erblickte ich eine Gestalt, die den Anger berührte wie ein Strahl himmlischen Lichtes, der in die tiefste Finsterniß fällt.

Es war ein Mädchen von golden-rosiger Farbe, mit üppig gelbem Haar, welches in schimmernden Wellen ihr bis auf die Hüften herabwogte.

Kaum zwanzig Schritte trennten mich von Lilian Hoft, denn brauche ich wohl zu sagen, daß es Lilian selbst war, die vor mir stand?

Instinktartig bemerkte ich einige Veränderungen. Die wachsähnliche Glätte und auch in gewissem Grade die Weiße ihres Teints war den brennenden Strahlen der Prairie-Sonne gewichen, aber diese leichte Bräunung schien eher ein Gewinn zu sein, gerade so wie der Flaum an der Pfirsiche die höhere Reife der Frucht beweis't. Sie hatte die Röthe der Wangen gedämpft, aber das Feuer loderte noch mit unverminderter Kraft.

Ich bemerkte auch noch eine andere Veränderung — in ihrem Wuchse. Sie war stärker und länger geworden, so daß sie in einer wie in der andern Hinsicht fast ihrer Schwester gleichkam. Auch glich sie der letztern in jener vollen Entwickelung der Formen, welche eins der charakteristischen Kennzeichen ihrer königlichen Schönheit war.

Dies waren die einzigen äußeren Veränderungen. Selbst die einfache Tracht — der gelblich gestreifte kurze Rock von grober Leinwand — umhüllte noch ihre Gestalt; doch hing er nicht weit und schlaff um sie herum, sondern saß wegen der veränderten Körperproportion der Trägerin fester und dichter.

Auch die Perlenschnur — es waren unächte Perlen, andere gestattete ihre Armuth ihr nicht — umschlang noch ihren Hals, dessen jetzt vollere Umrisse sie besser zur Schau trugen.

Ein angenehmer Gedanke durchzuckte mich in diesem Augenblicke und gewann die Gestalt einer Frage: „War vielleicht kein Grund zu noch ferner-weitem Schmucke vorhanden gewesen?"

Ihre kleinen Füße waren eben so wie früher, nackt, und schimmerten rosig durch das grüne Gras.

Sie stand, als ich sie zuerst erblickte, nicht in der Position der Ruhe, sondern mit einem Fuße den Rasen berührend und den andern ein wenig zurückgezogen, als ob sie so eben erst in ihrem Gange Halt gemacht hätte. Sie stand mir mit dem Gesichte nicht gerade gegenüber, sondern halb abgewendet. Sie schien länger nach mir hingeschaut zu haben als sie beabsichtigt hatte, und stand im Begriffe, sich in schräger Richtung wieder zu entfernen, gleich der gescheuchten Antilope, welche trotz ihrer Schüchternheit stehen bleibt, um den Gegenstand zu betrachten, der sie erschreckt hat.

Meine Augen waren von dem Pfade, auf welchem sie sich genähert haben mußte, so kurze Zeit abgewendet gewesen, daß ich hätte glauben können, sie sei plötzlich aus der Erde aufgetaucht — gerade wie Venus aus den Wogen des Meeres. Die Erscheinung war eben so glänzend und für mich von weit überwältigenderem Interesse.

Ihre großen Augen waren mit dem Blicke des Erstaunens und der Neugier auf mich geheftet, einer Neugier, welche das malerische Costüm und der wilde Charakter meiner Toilette wohl geeignet waren hervorzurufen.

Ihre Besichtigung meiner Person war bald beendet und sie ging wieder in der Richtung davon, nach welcher sie bereits ihr Gesicht gewendet.

Sie schien jedoch kaum zufriedengestellt zu sein, denn ich bemerkte, daß sie häufig rückwärts schaute.

Welcher Gedanke veranlaßte sie dazu? Die Frauen besitzen einen seltenen Scharfblick. Konnte

sie Etwas muthmaßen? Nein, nein — dies war
unmöglich — unwahrscheinlich.

Der Weg, dem sie folgte, mußte sie an das
Ufer des Flusses führen — ungefähr hundert Schritte
oberhalb der Stelle, wo unsere Zelte aufgeschlagen
worden, und in gleicher Entfernung von dem nächsten
der Wagen. Ihr Zweck, indem sie dorthin ging,
war klar, denn ihre Hand hielt den eisernen Henkel
einer blechernen Wasserkanne gefaßt.

Als sie aber den Fluß erreicht hatte, begann sie
nicht sofort das Gefäß zu füllen, sondern setzte es
an den Rand des Wassers und sich selbst daneben
nieder. Das ein wenig hohe Ufer bildete eine Art
vorspringender Bank, und auf dieser hatte sie Platz
genommen — so daß ihre Füße überhingen und einer
derselben in das Wasser tauchte. Ihr langes Haar
fiel bis auf das Gras hinter ihr herab, und den Kopf
vorwärts neigend, schien sie in die krystallenen Tiefen
des Flusses zu schauen, so aufmerksam, als ob sie
darin die Gestalt widergespiegelt sähe, bei welcher
ihre Gedanken am liebsten verweilten.

Bis zu diesem Punkte hatte ich jede ihrer Bewegungen beobachtet, aber nur verstohlen und schweigend, denn ich wußte, daß viele Augen auf mich
gerichtet waren.

Gerade jetzt jedoch hatten sich die meisten der

Gaffer von unsern Zelten wieder zurückgezogen — der Ruf zum Abendessen innerhalb des Corral hatte sie bewogen, sich zu entfernen. Trotzdem aber wagte ich nicht, mich dem Mädchen zu nähern. Es hätte dies auffallend erscheinen können, und selbst sie wünschte vielleicht die allzuungezwungene Annäherung meiner wilden Gegenwart zu meiden, vielleicht ihr ganz zu entfliehen.

Andererseits aber war die Gelegenheit, mit ihr zu sprechen, sehr verführerisch. Es ereignete sich vielleicht keine so bald wieder. Ich zitterte bei dem Gedanken, sie mir entgehen zu lassen. Was sollte ich thun?

Ich hätte Marian zu ihr schicken können. Diese befand sich noch in ihrem Zelte, wo sie Schutz vor den kecken Blicken ihrer gemeinen Bewunderer suchte. Sie wußte noch nicht, daß Lilian sich jetzt außerhalb der Wagenburg befand. Ich hätte sie davon benachrichtigen, und beauftragen können, mit ihrer Schwester zu sprechen, aber ich hatte gewisse Gründe, dieses Verfahren nicht einzuschlagen.

Gerade in dieser Krisis kam mir ein Gedanke ein, welcher versprach, mir zu Erlangung der Unterredung, die ich wünschte, behülflich zu sein. Ich hatte meinen Araber ja noch nicht auf die Weide gebracht. In der Nähe des Platzes, wo Lilian saß, stand das Gras hoch und üppig — mehr als irgend wo anders in der Runde. Hier konnte ich mein Pferd an einen Pfahl anbinden, oder es auch mit der Hand halten, während es weidete.

Ich verlor keine Minute, ihm den Sattel abzunehmen und die Halfter anzulegen, und näherte mich dann sofort dem Orte, wo das junge Mädchen saß. Ich that dies jedoch mit gebührender Vorsicht, denn ich fürchtete, daß ich durch eine zu plötzliche Annäherung sie veranlassen könnte, sich schnell wieder zu entfernen.

Ich ließ also mein Pferd weiden und leitete es dann und wann durch einen kurzen Ruck der Halfter, die ich noch in der Hand hielt.

Lilian sah, daß ich ihr allmählig näher kam, und schaute zwei oder drei Mal nach mir hin — ohne Furcht zu verrathen, wie mir schien.

Ihr Blick schien im Gegentheil eher ein Beweis von Interesse zu sein, doch war es auch möglich, daß ich mir dies blos einbildete. Meinem Pferde schien dieses Interesse in gleichem, ja vielleicht in noch höherem Grade zugewendet zu sein, denn sie heftete ihre Augen häufig darauf und sah es jedes Mal länger an.

War es die edle Gestalt des Thieres, was ihre Bewunderung erweckte? oder lag darin Etwas, was eine Erinnerung wach rief? War es möglich, daß sie das Pferd wiedererkannte?

„O, Lilian, daß ich doch als mein eigenes Ich mit Dir sprechen könnte! Wie sehnt sich mein Herz, das Zeichen der Erkennung zu geben und zu empfangen!"

Aber nein — noch nicht. Ich wollte mich nicht eher erklären als bis ich wußte, daß die Erkennung eine willkommene sein würde — nicht eher als bis ich erfuhr, ob das zarte Band, welches unsere Herzen umschlang, ungelockert — ob das dünne Gewebe desselben noch unzerrissen sei! Ich hatte beschlossen, die geheimen Tiefen ihres Herzens zu erforschen, und Dies war es, was mir den Wunsch einflößte, jeder Unterredung, die sie mit ihrer Schwester haben könnte, zuvorzukommen. Vielleicht erlangte ich auf zu leichte Weise die Kenntniß, die ich suchte — vielleicht erlangte ich sie nur zu meinem Schmerze, zu meiner Verzweiflung.

Als ich mich näherte, stieg meine Hoffnung, daß es mir erlaubt sein würde, mit ihr zu sprechen.

Sie blieb sitzen und machte keinen Versuch, mir aus dem Wege zu gehen. Ich hatte mich ihr so weit genähert, daß sie meine Stimme vernehmen konnte. Worte schwebten mir bereits auf der Zunge, als eine rauhe Stimme von hinten kommend, in demselben Augenblicke meine Anrede eben so vereitelte wie meine Absicht.

Vierzehntes Kapitel.

—

Die gelbe Duenna.

„Na, Mädchen, wo läuft Ihr denn herum? Wißt Ihr nicht, daß Massa Holt und Massa Stebbins ihren Kaffee haben wollen? Warum bringt Ihr das Wasser nicht?"

Ich drehte mich herum, als ich die Stimme hörte. Der Ton und Dialekt hatten mir schon verrathen, daß die Sprecherin weder eine Weiße noch eine Indianerin war, sondern jener dritten Race angehörte, welche sich mit dem geselligen Leben der transatlantischen Welt mischt — der afrikanischen.

Anfangs machte ich mich auf das Erscheinen eines Negers — eines Mannes gefaßt, aber ich irrte mich sowohl in der Farbe als im Geschlecht.

Ich erblickte nämlich eine Mulattin — ein

gelbes Weib von gewaltigem Körperbaue, dick und schmierig.

Ihr Costüm bestand in einem hellfarbigen, über der Brust nachlässig offen stehenden Kleide, mit bunten Bändern herausgeputzt.

Auf ihrem Kopfe trug sie eine um die schwarzen kurzen korkzieherähnlichen Locken geschlungene Bandana, während die bis auf ihre Knöchel herabhängenden Strümpfe und die niedergetretenen Schuhe das Ensemble vollständig machten.

Trotz dieses sehr nachlässigen Costüms waren Spuren von Dünkel in Bezug auf persönliche Erscheinung wahrzunehmen.

Der Schnitt des Kleides und der Ausputz stand nicht in Uebereinstimmung mit der sonstigen Tracht ihres verachteten Geschlechts, und in dem Arrangement des Kopfputzes lag eine gewisse Koketterie.

Die zierlichen, regelmäßigen Gesichtszüge konnten einst für schön gegolten haben, jetzt aber verschwanden sie fast unter der übermäßigen Dicke der Wangen.

Die Augen hatten ebenfalls allen Reiz verloren, wenn sie jemals einen solchen besessen. Ihr Blick war selbst in ihren schönsten Tagen nur thierisch gewesen. Auch jetzt war er noch hinreichend sinnlich, aber von mürrischem, lauerndem Charakter.

Die Stimme dieses Weibes hatte schon einen

unangenehmen Eindruck auf mich gemacht, dasselbe war der Fall mit den Worten, die sie sprach.

Ihr Anblick, als sie so, die Hände auf die ungeheuern Hüften stemmend, dastand, vermehrte nur den unheimlichen Eindruck, der noch dadurch bestärkt ward, daß ich eine ähnliche Veränderung anderwärts bemerkte, nämlich auf Lilian's Antlitz.

Selbst über diese strahlende Fläche hatte sich, wie ich sah, eine Wolke gestohlen und fuhr fort, sie zu beschatten.

„Hört, Mädchen, was macht Ihr hier?" hob die Mulattin wieder an. „Gleich füllt Ihr Euern Eimer, oder Ihr sollt sehen!"

Das ist eine Drohung. Und Lilian hört sie und gehorcht!

„Ich komme gleich, Tante Lucy!" antwortete sie mit zitternder Stimme, indem sie sich gleichzeitig beeilte, die Wasserkanne zu füllen.

Ich hoffte, daß diese versöhnliche Antwort die Mulattin veranlassen würde, wieder in den Corral zurückzukehren. Zu meinem Aerger aber brachte sie gerade das Gegentheil hervor; denn als die Mulattin diese Antwort vernahm, kam sie mit raschen Schritten auf den Fluß zugewatschelt.

Sie ging stracks auf die Stelle zu, wo Lilian die Kanne füllte, und an ihren raschen, krampfhaften

Geberden und dem unheimlichen Lichte, welches aus ihren tiefliegenden Augen blitzte, konnte ich bemerken, daß irgend Eine häßliche Leidenschaft in ihr erweckt worden war.

Lilian hatte schon bemerkt, daß sie sich näherte, und blieb stehen, um auf sie zu warten — augenscheinlich fürchtete sie sich!

Als die dicke Furie nur noch wenige Schritte von ihr entfernt war, schrie sie in heftigem Tone:

„Wie könnt Ihr mich Tante*) Lucy nennen! Weßhalb sagt Ihr das? Wenn Ihr mich noch ein Mal so nennt, so kratze ich Euch die Augen aus."

Indem sie dies sagte, streckte sie die Hand aus und bog den Daumen mit einer bedeutsamen Geberde. Dann fuhr sie in demselben hämischen Tone fort:

„Ich reiße Euch Euer goldenes Haar, wie es die Leute nennen und das doch blos so gelb aussieht wie ich, aus dem Kopfe, wenn Ihr mich noch ein einziges Mal Tante Lucy nennt."

„Ich wußte nicht, daß Ihr das nicht gern hört," entgegnete das Mädchen in schüchternem Tone; „nennen Euch die Andern denn nicht auch so?" fragte sie zögernd. „Thut es nicht Mr. Stebbins?"

---

*) Bekanntlich werden ältere Sclaven und Sclavinnen in Amerika gewöhnlich Onkel und Tante genannt.

„Was Massa Stebbins thut, geht Euch Nichts
an; das ist meine Sache. Ihr aber sollt mich nicht
so nennen — das ist auch meine Sache. Also wenn
Ihr noch einmal Tante Lucy sagt, so ist es mit
Eurer Schönheit aus.“

„Ich werde Euch nicht wieder so nennen, Lucy,“
entgegnete das junge Mädchen schüchtern.

„Miß Lucy, wenn's beliebt. Ihr dürft nicht
glauben, daß Ihr hier noch in Tennessee seid; Ihr
werdet es aber mit der Zeit schon gewahr werden.
Das gelbe Weib ist hier so gut wie das weiße — es
heirathet den weißen Mann eben so wie jede Andere
— bei den Mormonen ist Alles einerlei — ha! ha! ha!“

Ein schielender Blick auf Lilian begleitete dieses
Gelächter und machte die gräßliche Bedeutung desselben handgreiflicher und ausdrucksvoller.

Das brutale Benehmen des gelben Weibes er-
bitterte mich so sehr, daß ich mich kaum enthalten
konnte, hinzuzueilen und sie über das Ufer hinabzu-
stoßen, auf welchem sie stand.

Nur die strenge Nothwendigkeit, mein Incognito
zu bewahren, hielt mich ab, sie zu behandeln wie sie
verdiente, und selbst so kostete es mir Ueberwin-
dung, meinen Platz zu behaupten.

Ich sah, daß das junge Mädchen sich vor den
Drohungen der Mulattin fürchtete, die in irgend

einer Weise ein Uebergewicht über sie besitzen mußte und vielleicht von Stebbins bestimmt war, das doppelte Amt eines Spions und eines Hüters zu bekleiden.

Trotz der furchtbaren Gedanken, welche die Anwesenheit dieses Weibes in mir erweckt hatte, gelang es mir, meinen Zorn zu bemeistern und zu schweigen.

Mein guter Stern führte mich, und es dauerte nicht lange, so ward ich für meine Klugheit belohnt.

„Hört," fuhr die Mulattin, immer noch zu Lilian gewendet, fort, „was sitzt Ihr denn hier und gafft das Wasser an? Ihr glaubt wohl seinen Schatten darin zu sehen? ha! ha! ha!"

„Wessen Schatten?" fragte das Mädchen unschuldig.

Ich zitterte, während ich auf die Antwort wartete.

„Ach, stellt Euch nur nicht, als ob Ihr nicht wüßtet, was ich meine," rief die Mulattin. „Glaubt Ihr, ich hätte Euch nicht seinen Namen in jenes Buch schreiben sehen? Glaubt Ihr, ich hätte nicht bemerkt, wie Ihr ihn in den Sand maltet, als wir am Arkansas lagerten? Ihr kritzelt ja seinen Namen überall hin, sogar auf den großen Kasten in Massa Stebbins' Wagen habt Ihr ihn geschrieben. Laßt es Massa Stebbins nur sehen!"

Ich hätte in diesem Augenblicke mein Pferd darum gegeben, wenn ich meinen Blick auf den Kasten oder in das Buch hätte werfen können, wovon hier die Rede war.

Einen Augenblick später aber war die Nothwendigkeit nicht mehr vorhanden, und die Enthüllung war, obschon sie von unreinen Lippen geschah, meinen Ohren nicht weniger willkommen.

Was fragte ich darnach, ob das Orakel ein profanes war, dafern sein Antwort nur meine heißesten Wünsche erfüllte.

„Ihr glaubt wohl, es könne Niemand weiter lesen als Ihr selbst?" fuhr die Mulattin in demselben höhnenden Tone fort. „Ihr glaubt wohl, es wisse Niemand, was E. W. zu bedeuten habe? Ha! ha! ha! Heißen diese Buchstaben nicht Edward Warfield — wie, Miß Gelbhaar?"

Das junge Mädchen gab keine Antwort, aber Purpurröthe überzog ihre Wangen.

Mit Freuden sah ich es.

„Ha! ha! ha!" fuhr ihre Quälerin fort, „Ihr mögt vielleicht seinen Schatten in dem Wasser sehen — aber das ist auch Alles, was Ihr von Edward Warfield seht. Wo er auch sein mag, so bekommt Ihr ihn doch in Euerm Leben nicht wieder zu sehen."

Ein dunkler Schatten breitete sich über die Pur-

purröthe und verrieth, daß die Worte Schmerz ver=
ursachten.

Meine Freude stieg in demselben Verhältnisse,
aber umgekehrt.

„Also, Miß Goldhaar, Ihr hättet besser gethan,
wenn Ihr mit dem jungen Dragoneroffizier fortge=
gangen wäret, der Euch haben wollte — das heißt,
wenn Ihr durchaus einen Mann für Euch allein
haben wolltet. Ha! ha! ha! Laßt das nur gut sein
— Ihr werdet schon noch einen Mann bekommen.
Massa Stebbins wird Euch einen verschaffen — er
hat schon einen für Euch — er wartet auf Euch in
der Mormonenstadt. Ihr werdet ihn bald sehen —
außer Euch hat er noch funfzig andere — ha! ha! ha!"

Worte zeigten sich auf Lilian's Lippen, leise
gemurmelt und nur halb ausgesprochen. Ich verstand
sie nicht. Sie schienen keine Antwort auf die
Schmähreden zu sein, die an sie gerichtet worden,
sondern vielmehr die unfreiwillige Begleitung eines
Ausdrucks von eigenthümlicher Unruhe und Angst,
die sich in diesem Augenblicke in ihren Zügen offen=
barte.

Die Mulattin schien eine Antwort weder zu er=
warten, noch zu verlangen, denn, indem sie die letzte
teuflische Hindeutung aussprach, drehte sie sich auf

ihren beschuhten Fersen herum und watschelte nach
dem Lager zurück.

Ich hielt mein Gesicht abgewendet, während sie
an der Stelle vorbeikam, wo ich stand. Ich fürchtete,
daß sie versucht werden möchte, stehen zu bleiben und
mich näher in's Auge zu fassen, und ich hatte Grund,
zu wünschen, daß sie ihres Weges weiter gehen möchte.
Ihre Neugier schien aber nicht sehr erregbar zu sein.
Wenigstens gab sie sich nur auf komische Weise kund,
wie ich an dem heiseren „ha! ha! ha!" errieth, wel=
ches sie hören ließ, als sie an mir vorüberging.

An dem Schwächerwerden des Tones nahm ich
zugleich ab, daß sie weiter gegangen war, ohne stehen
zu bleiben.

Lilian folgte ihr in einer Entfernung von un=
gefähr zehn Schritten. Ihr Körper war durch die
Last der Wasserkanne auf die eine Seite gebeugt; ihr
langes goldenes Haar fiel in anmuthiger Verwirrung
über den ausgestreckten tragenden Arm und berührte
fast den Rasen zu ihren Füßen.

Diese Haltung zeigte die herrliche Entwickelung
dieser weiblichen Gestalt, welche nun blos der Tod
mich hindern konnte die meine zu nennen, in um so
größerer Vollkommenheit.

Schon hatte ich meinen Plan entworfen. Ich
wartete blos auf eine Gelegenheit, um ihn in Aus-

führung zu bringen. Ich wünschte jetzt nicht mehr
für sie unerkannt zu bleiben.

Die Schranke, welche mich bis jetzt abgehalten,
ein Wort zu sprechen oder eine Geberde zu machen,
war nun entfernt — eben so glücklich als unerwartet.
In meinem jetzt von Freude erfüllten Herzen gab
es keinen Beweggrund mehr zur fernern Verheim-
lichung, und ich beschloß sofort, mich zu erklären.

Nicht offen jedoch — nicht durch Worte, auch
noch nicht durch Geberden.

Eins wie das Andere hätte einen Ausruf zur
Folge haben und spionirende Augen auf uns
lenken können, die in nicht allzugroßer Entfernung
beobachteten.

Ich hatte, wie schon angegeben, mir meinen
Weg vorgezeichnet und wartete nur noch einige
Minuten auf die Gelegenheit, die sich jetzt darzu-
bieten schien.

Während des oben mitgetheilten Gesprächs war
ich kein unthätiger Zuhörer geblieben. Ich hatte
einen Streifen Papier aus der Tasche genommen und
mit Bleistift drei einfache Worte darauf geschrieben.

Ich kannte das Papier, auf welches ich schrieb —
es war die Hälfte eines Briefes, dessen ich mich wohl
entsann. Der Brief selbst war nicht da, dieser lag -

wohlverwahrt in meiner Brieftasche, aber das anfänglich leere Blatt war auf beiden Seiten beschrieben.

Auf der einen Seite standen jene herrlichen, einfachen Verse, von welchen jetzt noch die Saiten meines Herzens erbebten:

„Ich denke Dein, wenn mir der Sonne Schimmer
Vom Meere strahlt;
Ich denke Dein, wenn sich des Mondes Flimmer
In Quellen malt.

„Ich sehe Dich, wenn auf dem fernen Wege
Der Staub sich hebt;
In tiefer Nacht, wenn auf dem schmalen Stege
Der Wand'rer bebt.

„Ich höre Dich, wenn dort mit dumpfem Rauschen
Die Welle steigt;
Im stillen Haine geh' ich oft, zu lauschen,
Wenn Alles schweigt.

„Ich bin bei Dir, Du sei'st auch noch so ferne,
Du bist mir nah'!
Die Sonne sinkt, bald leuchten mir die Sterne.
O wär'st Du da!"

„Ja, ja, so ist es! so ist es! — Ich denke Dein und ich werde Dein denken, so lange ich lebe.
„Lilian Holt."

Auf die Kehrseite des Blattes hatte ich mit Bleistift eine Antwort geschrieben, nicht damals, son= dern in einer müssigen Stunde unterwegs, beseelt von der Ahnung, daß sie früher oder später in die Hände der Person fallen könne, für die sie bestimmt war. In diese Hände war ich jetzt entschlossen, sie zu legen.

Diese Antwort lautete:

„Dein gedenk' ich, und ein sanft Entzücken
Ueberströmt die Seele, die Dich liebt;
Dies ist einer von den Augenblicken,
Die zu sparsam mir das Schicksal giebt.

„Doch wenn einst uns Tage voller Freude,
Gleich der Sonn' aus düstrer Nacht, entsteh'n,
Theure Lilian, dann laß uns Beide
Treu vereint den Pfad des Lebens geh'n.

„Mit erleichterten, beglückten Herzen
Danken wir der Vorsicht dann, daß sie
Endlich uns nach überstand'nen Schmerzen
Den Genuß des schönsten Glücks verlieh. *)

„Edward Warfield,
„der indianische Jäger."

---

*) Statt einer Rückübersetzung dieser im Originale dem Deutschen nachgebildeten beiden Gedichte, theilen wir hier natürlich die deutschen Originale selbst mit.

A. d. Uebers.

Die in diesem Augenblicke noch beigefügten drei
Worte waren die unter meinem Namen befindlichen,
welche ich für nothwendig hielt, um die Wiedererken-
nung zu beschleunigen.

Wie unangemessen auch das Mittel sein mochte,
mich zu erkennen zu geben, so hatte ich doch keine
Zeit, ein anderes zu erfinnen.

Die durch die Mulattin verursachte Unter=
brechung hatte mich von einer mündlichen Erklärung,
die ich vielleicht außerdem gemacht hätte, zurückgehal-
ten, und es gab jetzt keine Gelegenheit mehr für die
Paraphrase der Sprache. Selbst ein Wort konnte
mich verrathen.

Von dieser Furcht bewogen, beschloß ich, mich
schweigend zu verhalten und die Gelegenheit zu er-
lauern, wo ich das Papier auf verstohlene Weise in
die Hände beförbern könnte, für welche es bestimmt
war. —

Als das junge Mädchen sich näherte, ging ich
auf sie zu — zeigte mit dem Finger auf meine Lippen
und gab zu verstehen, daß ich zu trinken wünschte.

Diese Geberde erschreckte sie nicht. Im Gegentheile, sie blieb stehen, und indem sie den durstigen
Wilden freundlich anlächelte, bot sie mir die Kanne,
indem sie dieselbe mit beiden Händen emporhob.

Ich nahm das Gefäß in die meinigen, indem

ich das kleine Billet so, daß es deutlich zu sehen war, zwischen meinen gefärbten Fingern hielt. Blos deutlich für sie zu sehen war es — vor allen andern Augen ward es durch die Kanne verborgen — selbst vor denen der gelben Duenna, die sich herumgedreht hatte und noch in der Nähe stand.

Kein Wort entschlüpfte mir. Ich deutete mit dem Kopfe blos auf das Papier, während ich die Kanne an meine Lippen hob und that, als ob ich tränke.

Ha, jener zauberische Instinkt des weiblichen Herzens — eines liebenden Herzens! Wie angenehm ist es, sein schlaues Spiel zu beobachten, wenn wir wissen, daß es zu unsern Gunsten aufgeboten wird!

Ich sah nicht die That, eben so wenig als die Gemüthsbewegung, die sich vielleicht in diesem strahlenden Antlitze malte. Meine Augen waren abgewendet.

Ich traute ihnen nicht die nöthige Standhaftigkeit zu, ohne sich zu verrathen, die Wirkung zu beobachten.

Ich wußte blos, daß die Kanne mir wieder aus den Händen genommen ward und das Papier zugleich mit.

Und wie ein Traum schwebte die schöne Wasserträgerin vor mir davon und ließ mich allein auf dem Platze.

Meine Augen folgten der sich entfernenden Gestalt, die jetzt neben ihrer scheltenden Hüterin einher-
schritt.

Mit einander gingen sie in den Corral hinein,
Lilian auf der mir zugewendeten Seite; aber so wie
ihr Gesicht hinter dem dunklen Schatten des Wagens
verschwand, überzeugte mich ein durch diese glänzenden
Flechten zurückgeworfener Blick, daß mein Plan gelungen war.

Funfzehntes Kapitel.

Die Ansprache einer Schwester.

Ich beeilte mich, Marian von Dem zu unter=
richten, was geschehen war.

Ich war wieder nach den Zelten zurückgekehrt,
ohne eine Spur von der Aufregung zu verrathen,
die meine Brust bewegte.

„Warum nicht heute Nacht? warum nicht so=
gleich? ehe noch eine Stunde vergeht?"

Dies waren meine Gedanken, die ich in Form
von Fragen aussprach.

Die Jägerin hielt sich noch in ihrem Zelte, ich
aber konnte als ihr angeblicher Bruder hineingehen,
und mich bückend, kroch ich unter die schirmenden
Thierhäute hinein.

„Ihr habt sie gesehen!" sagte sie in zuversicht-
lichem Tone, als sie mich erblickte.

„Ja."

„Und habt Ihr auch mit ihr gesprochen?"

„Nein — ich wagte es nicht. Aber ich habe
ihr ein Erkennungszeichen gegeben."

„Ein schriftliches, nicht wahr? Ich sah Euch
zu. Sie weiß also, daß Ihr hier seid?"

„Jetzt muß sie es wissen — das heißt, wenn
sie Gelegenheit gefunden hat, das Papier anzusehen."

„Diese wird sie finden. O, sie ist schön —
sehr schön. Ich wundere mich nicht, Sir, daß Ihr
sie liebt — wenn ich ein Mann wäre — Weiß sie,
daß ich auch hier bin?"

„Noch nicht. Ich scheuete mich, es ihr zu sagen,
nicht einmal schriftlich wagte ich es. Ich fürchtete,
daß sie in der plötzlichen Aufwallung von Freude,
die eine solche Entdeckung hervorrufen müßte, es
ihrem Vater verkünden würde — vielleicht sogar
i h m ?"

„Ihr habt Recht — es wäre vielleicht gefährlich
gewesen. Sie darf es nicht eher wissen, als bis
wir sie warnen und ihr sagen können, daß sie es
geheim halten soll. Wie gedenkt Ihr weiter zu verfahren?"

„Ich komme eben, um mich mit Euch zu berathen.

Wenn wir ihr zu wiſſen thun könnten, daß Ihr hier ſeid, ſo fände ſie vielleicht Gelegenheit, herauszukommen, und in der Dunkelheit ließe ſich dann alles Uebrige ausführen. Vielleicht heute Nacht noch — warum nicht heute Nacht noch?"

„Ja, warum nicht?" wiederholte die Jägerin, begierig an dieſer Hoffnung feſthaltend. „Je eher, deſto beſſer. Aber wie ſoll ich ſie ſehen — ſoll ich in ihr Lager hineingehen? — Vielleicht —"

„Wenn Ihr an ſie ſchreiben wolltet, ſo könnte ich vielleicht —"

„Wenn ich wollte, Fremdling? Sagt lieber, wenn ich könnte. Das Schreiben iſt keine meiner Kunſtfertigkeiten. Mein Vater nahm ſich nicht die Mühe, mich zu unterrichten, meine Mutter noch weniger. Ach, ich kann nicht einmal meinen Namen ſchreiben!"

„Darauf kommt weiter Nichts an. Dictirt mir; ich habe hier Papier und Bleiſtift, und will an Eurer Statt ſchreiben. Wenn ſie mein Blatt geleſen hat, ſo wird ſie ſchon Achtung geben, und ohne Zweifel werden wir Gelegenheit finden, ihr ein Briefchen zuzuſtecken."

„Und ſie wird ohne Zweifel Gelegenheit finden, es zu leſen. Ja, das ſcheint allerdings der beſte Weg zu ſein, den wir einſchlagen können — der sicherste und räthlichste. Ganz gewiß hat Lilian mich nicht vergessen, ganz gewiß wird sie dem Rathe einer Schwester folgen, die sie innig liebt."

Ich zog meinen Bleistift heraus, riß ein Blatt aus meinem Notizbuche und war bereit, die Dienste eines Secretairs zu verrichten.

Das kluge, obschon ungebildete Mädchen stützte die Stirn auf die Hand, wie um ihre Gedanken eine bestimmte Form gewinnen zu lassen, und begann dann zu dictiren:

„Geliebte Schwester!

„Ein Freund schreibt für mich — ein Freund, den Du kennst. Es ist Marian, welche spricht — Deine Schwester Marian — noch lebend und gesund. Ich bin hier mit einigen Andern — als Indianer verkleidet — den Leuten, die Du gesehen hast. Wir sind blos auf unsere eigene Faust hier. Wir sind gekommen, um Dich aus einer Gefahr zu retten — o Schwester! — aus einer furcht= baren Gefahr, von welcher Dein unschuldiges Herz sich Nichts träumen läßt."

Davon war ich doch nicht so fest überzeugt. Der Schatten, den ich auf Lilian's Antlitz gewahrt und der durch die Stachelreden der Mulattin hervor= gerufen worden, hatte mich überzeugt, daß das junge

Mädchen nicht ohne eine Ahnung von ihrer Gefahr war, wenn sie dieselbe auch nur erst in unbestimmten Umrissen erkannte. War dies jedoch der Fall, so war es um unseres Vorhabens willen nur um so besser, und da ich mich in dieser Beziehung gegen Marian schon ausgesprochen, so unterbrach ich sie weiter nicht.

Sie fuhr fort:

„Wenn Du dies gelesen hast, so zeige es keinem Menschen, und verrathe den Inhalt nicht einmal —"

Die Jägerin schwieg einen Augenblick. Grausam mit Füßen getretene kindliche Liebe machte ihre Stimme wankend. Zitternd und leise gemurmelt folgten die Worte:

„Unserm Vater.

„Liebe Lilian," fuhr sie dann in festerem Tone fort, „Du weißt, wie innig ich Dich liebte. Ich liebe Dich immer noch so. Du weißt, daß ich mein Leben auf's Spiel gesetzt haben würde, um das Deinige zu retten. Jetzt setze ich es auf's Spiel und mehr noch — o, weit mehr, wenn ich es Dir sagen könnte, mit der Zeit aber sollst Du Alles erfahren. Und, liebe Lilian, Deine Gefahr ist sogar noch größer als Gefahr des Lebens — denn es ist die Gefahr der Schande.

10*

„Höre mich denn, geliebte Schwester, und weigere Dich nicht, meinem Rathe zu folgen. — Wenn es dunkel geworden ist — und wo möglich noch heute Nacht — stiehl Dich aus dem Lager. Trenne Dich von den verworfenen Menschen, welche Dich umgeben — trenne Dich — o, Schwester, es ist hart, das Wort auszusprechen — trenne Dich auch von ihm, von unserm Vater — von ihm, der unser Beschützer hätte sein sollen, der aber, fürchte ich — ach! ich kann den Gedanken nicht aussprechen. Heute Nacht, liebe Lilian, womöglich heute Nacht! Morgen ist es vielleicht schon zu spät. Unsere Verkleidung kann entdeckt und unser Plan vereitelt werden. Heute Nacht — heute Nacht! Fürchte Nichts — Deine Freunde erwarten Dich — Dein alter Günstling Franc Wingrove mit noch anderen wackeren Gefährten. Deine Schwester wird Dich mit offenen Armen empfangen.

„Marian."

Einer solchen Ansprache konnte Lilian sicherlich nicht widerstehen. Ganz gewiß reichte sie hin, sie selbst von dem Manne zu trennen, dessen geringfügiger, ungenügender Schutz ihm kaum Anspruch auf den heiligen Vaternamen gab.

Unsere nächste Besorgniß war, auf welche Weise der Brief abgegeben werden konnte. Wir dachten an Archilete, der vielleicht auch recht wohl im Stande gewesen wäre, dieses Geschäft zu besorgen, aber gerade in diesem Augenblicke war der Mexikaner abwesend.

In Ausführung seiner Function als Führer war er in den Corral hineingegangen und war mit den Männern der Karawane beschäftigt, welchen er die nöthigen Rathschläge gab, um sie in den Stand zu setzen, ihren Weg weiter zu verfolgen, und wobei er ohne Zweifel jene Punkte verschwieg, die unserem Vorhaben nachtheilig sein konnten.

Ich hatte keinen Grund, an der Treue des Mannes zu zweifeln.

Allerdings wäre sein Verrath verderblich für uns gewesen, obschon er später die Vergeltung über sich selbst gebracht haben würde.

Es fiel mir aber keinen Augenblick ein, seine Redlichkeit in Zweifel zu ziehen. Er hatte seine feindselige Gesinnung gegen die mormonischen hereticos wiederholt und energisch ausgesprochen, und ich setzte in die Aufrichtigkeit seiner Erklärungen vollkommenes Vertrauen.

Als ich Archilete's Abwesenheit bemerkte, fiel

mir der Gedanke ein, daß es vielleicht gar nicht nöthig sei, seine Rückkunft abzuwarten.

Die Zeit war zu kostbar, um verschwendet zu werden. Schon war die Sonne über die große Wüste des Colorado hinabgesunken, und die düstern Schatten der Sierra San Juan fielen weit in die Ebene hinein — beinahe bis an den Rand des Lagers.

In jenen Breitegraden verweilt der milde Abend nur einige Augenblicke, und die Nacht breitete schon ihren dunkeln Mantel über die Ebene. Die weißen Leinwanddächer der Wagen schimmerten bleicher durch das graue Zwielicht, und der rothe Schein der Lager=feuer, die in dem Corral brannten, schimmerte jetzt auf die Leinwand und stritt sich mit dem letzten Schimmer des Tages um die Macht, sie zu beleuchten.

Noch eine Minute — kaum noch eine Minute — und der Tag war dahin.

„Kommt!" sagte ich zu der Jägerin, „wir wollen mit einander gehen. Der Führer hat uns für Geschwister ausgegeben — ich hoffe, daß es prophetische Worte gewesen sind. An diese Ver-wandtschaft glaubend, wird man nichts Außerordent-liches sehen, wenn wir einen Spaziergang mit

einander machen. Außerhalb des Lagers finden
wir vielleicht die Gelegenheit, die wir suchen.“

Marian erhob keinen Widerspruch, und das
Zelt mit einander verlassend, nahmen wir die Rich=
tung nach dem Corral.

Sechszehntes Kapitel.

Ein Karawanenball.

Wie um unser Vorhaben zu begünstigen, senkte sich die Nacht schwarz herab wie der Fittig eines Geiers. Die Bergspitzen von San Juan waren nicht mehr sichtbar — ihre Umrisse verschmolzen sich mit dem schwarzen Hintergrunde des Himmels, während die noch dunkleren Abhänge der Sierra Mojada schon lange unsichtbar geworden waren.

Selbst hellfarbige Gegenstände konnten in dem tiefen Dunkel nur undeutlich erkannt werden.

Zu diesen Gegenständen gehörten die weißen Leinwanddächer der Wagen, unsere von der Witterung gebleichten Zelte von Büffelhaut, das metallene Schimmern des Flusses und die weißgefleckten Rinder, die am Ufer desselben weideten.

Zwischen diesen Gegenständen war die Atmosphäre mit einer gleichförmigen gestaltlosen Finsterniß angefüllt, und dämmerige, dunkle Gestalten wie die unseren konnten nur im Scheine der lobernden Feuer gesehen werden.

Einige von diesen waren außerhalb der Einhegung — nicht weit von dem Eingange angezündet worden, die meisten aber befanden sich inwendig, von Auswanderergruppen umringt, und die Flammen warfen ihren dunkelrothen Schein auf die heiteren Gesichter der Frauen und Kinder, oder auf die rauheren Gestalten und ernsten Züge der Männer.

Unter den Wagen hervor schimmerte, durch die Speichen der Räder gebrochen, das Licht in tausend Strahlen heraus, und außerhalb des geschlossenen Raumes herumwandernde Männer warfen riesige Schatten über die Ebene. Näher an der Grenze der Barrikade sah man blos die Schatten ihrer Beine, weil der obere Theil ihres Körpers durch die Zelte und Rümpfe der Wagen vor dem hellen Scheine geschützt ward.

Hierdurch begünstigt, waren wir im Stande, uns den Wagen ganz dicht zu nähern, ohne Gefahr zu laufen, Aufmerksamkeit zu erregen.

Nur wenige Personen schlenderten außerhalb umher — nur die Viehhüter und andere Bedienstete der Karawane, die alle, einer wie der andere, ihre Pflichten ziemlich zu vernachläſſigen ſchienen. Sie wußten, daß ſie in dem Utahgebiete waren und keinen Feind zu fürchten hatten.

Ueberdies war jetzt die intereſſanteſte Stunde in dem täglichen Einerlei einer Karawane. — Wenn Geſtalten ſich um das Wachtfeuer ſammeln und freundliche Geſichter heiter in die Flamme ſchauen — wenn auf das Abendeſſen der Geſang folgt, dann werden Geſchichten erzählt und luſtiges Ge=lächter erſchallt. Die Pfeife läßt ihre duftenden Wolken emporkräuſeln, und ſtämmige Füße, die von den Mühen des Tages ſchon ausgeruht haben, fühlen den Drang, einen Tanz zu beginnen.

Auch an dieſem Abende hatte ein ſolcher Impuls die Füße der auswandernden Mormonen erfaßt. Kaum waren die Ueberreſte des Abendeſſens entfernt, ſo ward in der Mitte zwiſchen den lodernden Feuern Platz gemacht. Muſik ließ ſich hören — der Schall von Geige, Horn und Klarinette — und zehn bis zwölf Paare traten zu einer Quadrille an und be=gannen ſich nach dem Takte zu bewegen.

Sehr ſeltſam und wunderlich war dieſes Schau=ſpiel, aber es fiel uns nicht ein, ein Amuſement zu kritiſiren, welches unſerm Zwecke ſo gelegen kam.

Der ſchwellende Ton der Inſtrumente übertäubte

das leise Gespräch, die Verwirrung vieler Stimmen, die Anziehungskraft des Tanzes — alles Dies waren Umstände, welche sich plötzlich und unerwartet zu unsern Gunsten herausgestellt hatten.

Meine Begleiterin und ich fürchteten nicht mehr, daß unsere Bewegungen bemerkt werden würden. Nur Die, welche sich in den Wagen befanden und durch die Zugschnuröffnung am hintern Theile des Daches herausschaueten, sahen uns vielleicht.

Die meisten dieser Oeffnungen aber waren geschlossen — einige mit Vorhängen von gewöhnlicher Leinwand, andere mit einer alten Bettdecke, einem Betttuch oder sonst einem Lumpen, der zu diesem Zwecke taugte.

Wir sahen kein Gesicht nach außen schauen. Alle waren dem anziehenden Kreise der Tänzer zugewendet, welche, von den Wachtfeuern beleuchtet, die vielfach verschlungenen Figuren der Quadrille durchmachten.

Die Wagen, welche die Seiten der Einhegung bildeten, waren so dicht neben einander aufgefahren, daß ihre Leinwanddächer eins das andere deckten und es unmöglich war, dazwischen hindurchzusehen.

Mit den beiden jedoch, welche das Ende des Corral bildeten, war die Sache anders.

Diese waren so aufgefahren, daß, obschon ihre

Räder sich berührten, doch ein Zwischenraum blieb, durch welchen hindurch wir einen Blick auf den Platz innerhalb der Einhegung werfen konnten.

An dieser Stelle faßten wir Posto.

Es war dies gerade der vortheilhafte Punkt, den wir wünschten. Wir konnten die eingeschlossene Ellipse der Länge nach überschauen und beinahe jede Bewegung beobachten, die von den darin befindlichen Personen gemacht ward.

Selbst wenn wir bei dieser Spionage entdeckt wurden, hatte sicherlich Niemand eine Ahnung in Bezug auf unsern wirklichen Zweck.

Was war natürlicher, als daß wir das Schau- spiel des Tanzes mit anzusehen wünschten? Ganz gewiß trauete man uns blos Neugier zu.

Es dauerte nicht lange, so blieben unsere über die verschiedenen Gestalten hinschweifenden Augen an zweien derselben haften.

Es waren Männer, und sie saßen nahe bei einander und einige Schritte abseits von den Tänzern.

Es war Holt und Stebbins.

Beide saßen neben einem großen Feuer, welches sie mit seinem rothen Scheine beleuchtete, so daß nicht blos ihre Züge, sondern auch der Ausdruck der- selben deutlich sichtbar war.

Der Squatter schauete, die Pfeife im Munde,

den Kopf fast bis auf die Kniee herunterhängen lassend, grimmig in das Feuer.

Er achtete nicht auf das, was um ihn her vorging. Seine Gedanken waren nicht hier.

Stebbins andererseits schien die Tänzer aufmerksam zu beobachten.

Er war mit einem gewissen Grade von Eleganz gekleidet und zeigte eine gewisse gönnerhafte Miene, als ob er Ceremonienmeister wäre. Männer und Frauen gingen und kamen, als ob sie ihm den Hof machten, und mit Jedem sprach er einen Augenblick lang höflich und entließ ihn dann gnädig mit all' der lächerlichen Etikette eines nachgeäfften Ceremoniells.

Ich sah mich unter den Tänzern um und betrachtete forschend jede Gestalt, so wie sie an die hellerleuchtete Stelle kam.

Es waren Mädchen und Frauen da — fast von jedem Alter. Selbst die dicke Mulattin war da und tanzte mit, so gut sie konnte.

Aber wo war Lilian?

Ich empfand getäuschte Erwartung, als ich sie nicht sah — aber dies war ein angenehmes Gefühl für mich.

Wo war sie? Unter den Zuschauern vielleicht?

Ich durchlief mit meinen Blicken eilig den ganzen Cirkel. Es waren schöne und junge Gesichter da,

mit weißen Zähnen und rosigen Wangen, aber nicht
das ihrige. Sie war nicht darunter.

Ich wendete mich zu ihrer Schwester, um eine
Vermuthung und Frage auszusprechen.

Ich sah, daß Marian's Augen auf ihren Vater
gerichtet waren. Sie betrachtete ihn mit starrem
Ausdrucke. Ich sah, daß irgend ein seltsamer Gedanke
ihr Gemüth beschäftigte, daß eine wilde Bewegung
ihren Busen schwellte. Ich enthielt mich daher, den
Strom ihrer Gedanken zu unterbrechen.

Bis zu diesem Augenblicke war der Wagen,
neben welchem ich stand, inwendig dunkel gewesen.

Plötzlich und wie auf einen Zauberschlag blitzte
ein Licht darin auf und schimmerte durch die durch=
sichtige Leinwand. Ein Licht war unter dem Lein=
wandbach angezündet worden und fuhr fort, ruhig
und still zu brennen.

Ich konnte nicht der Versuchung widerstehen,
hineinzuschauen.

Vielleicht war es eine geheime Ahnung, die
mich trieb.

Es bedurfte keines Verschiebens des Leinwand=
baches — ich brauchte blos einen Schritt auf die eine
Seite und dem Hintertheile des Wagens gegenüber
zu treten. Die leichte kunstlose Decke war mit nach=
lässiger Hand geschlossen worden.

Ein zwischen zwei Zipfeln offen gelassener
Zwischenraum gestattete mir den vollen Anblick des
Innern.

Eine Anzahl große Kisten und Hausgeräth
füllten den untern Raum des Wagens, und darüber
waren einige grobe Kleider und Bettzeug — Tücher,
Betten und einige Polsterkissen umhergestreu't.

Nahe an dem vordern Ende stand eine Kiste
von großen Dimensionen, etwas höher als die übrigen, und auf dem Deckel derselben brannte ein Stück
Talglicht in dem Halse einer alten Flasche. Zwischen
der Flamme des Lichtes und meinen Augen zeigte
sich eine Gestalt, welche ihren Schatten in den hintern Theil des Wagens warf.

Es war eine weibliche Gestalt, und so düster
auch das Licht war, so erkannte ich doch die Umrisse
einer lieblichen Silhouette, die keine andere als die
Lilian's sein konnte.

Eine leichte Wendung des Kopfes brachte den
Schimmer goldenen Haars in das Bereich des
flackernden Scheins und die Züge waren nun im
Profil sichtbar.

Es waren die ihrigen.

Es war Lilian, die sich in dem Wagen befand.

Sie war allein.

Obschon wir vor dem Wagen standen, sahen

wir doch Gestalten, die von der Stelle, wo sie saß, nicht weit entfernt waren.

Junge Männer trieben sich in der Nähe herum, feurige Blicke wurden auf sie geheftet.

Sie schien dieselben zu meiden zu wünschen.

In ihren Händen hielt sie ein Buch. Man hätte meinen sollen, sie läse darin, denn es war offen, aber das Licht fiel nur dürftig auf das Blatt, und die verstohlenen Blicke der Leserin verriethen, daß noch etwas Anderes außer dem Buche ihre Aufmerksamkeit beschäftigte.

Ein einzelnes Blatt Papier, welches weißer als die Blätter des Buches zwischen diesen hervorschimmerte, war augenscheinlich der Gegenstand ihrer forschenden Blicke.

Es war die Schrift auf demselben, die sie zu entziffern suchte.

Ich beobachtete mit begierigem Auge. Ich bemerkte jede Bewegung der schönen Leserin.

Marian stand dicht neben mir. Wir beobachteten beide gemeinschaftlich.

Es bedurfte keiner kleinen Selbstüberwindung, um uns vom Reden zurückzuhalten. Ein Wort wäre so viel gewesen als diese ganze Schrift, aber ein Wort hätte auch alle unsere Pläne vereiteln können.

Die Leute, welche vor dem Wagen standen,

hätten es hören können. Deßhalb ward jetzt nicht gesprochen.

. Lilian beobachtete augenscheinlich diese Leute. Vielleicht hinderte der Zwang, den sie sich deßhalb anthun mußte, ein heftiges Zutagetreten der Gemüthsbewegungen, welche die Schrift auf dem Papier in Lilian vielleicht erweckte.

Ein kurzer unterdrückter Seufzer, als sie mit Lesen fertig war, ein rascher forschender Blick unter den Gruppen vor dem Wagen — ein zweiter, der verstohlen nach dem Hintertheil des Wagens geworfen ward — das war Alles in ihrem Benehmen, was vielleicht ungewöhnlich erschien.

Ich wartete, bis ihre Augen sich wieder hinterwärts wendeten, und dann hielt ich, die Leinwandzipfel leise theilend, Marian's Brief zwischen meinen Fingern in den Wagen hinein.

Das Erscheinen meiner rothen Hand verursachte keinen Schrecken. Das Gedicht hatte den Weg für die prosaischere Epistel gebahnt, und weder ein Schrei noch eine heftige Geberde ward durch ihre Ueberreichung hervorgerufen.

Sobald ich sah, daß das Stück Papier bemerkt ward, ließ ich es unter die Kisten hinabfallen und zog meine Hand zurück.

Die wilde Jägerin. V.   **11**

Die Furcht, daß wir bemerkt werden könnten, wenn wir zu lange auf Einer Stelle stünden, bewog uns, weiterzugehen.

Wenn das Glück dem Lesen dieses Briefchens günstig war, so fanden wir bei unserer Rückkehr unsern Plan sicherlich bereits zur Ausführung reifer.

Siebzehntes Kapitel.

Zu Roß, und auf und davon.

Unsere Abwesenheit war von kurzer Dauer — ein Gang nach den Zelten und dann wieder zurück. Ich hatte ein Wort mit Wingrove und Sicherschuß gesprochen. · Archilete war noch nicht wieder da.

Ich hatte blos meinen Kameraden gesagt, daß sie unsere Pferde nicht allzuweit von den Zelten weiden lassen sollten, weil wir nicht wußten, wie bald wir ihrer bedürfen würden.

Ich ahnte, als ich diese Warnung und diesen Rath aussprach, nicht, daß wir, ehe eine Stunde, ja fast noch ehe eine Minute verging — uns eiligst auf die Pferde schwingen und davon sprengen würden.

Unsere Idee war gewesen, dies etwa gegen

·11*

Mitternacht oder auch vielleicht später zu thun, wenn das Lager in tiefem Schlafe läge.

Lilian, die nun wußte, daß wir auf sie warteten, sollte sich dann herausstehlen und an den Zelten sich zu uns gesellen. Von hier konnte es uns bei der Schnelligkeit unserer Pferde keine große Mühe kosten, zu entrinnen, selbst wenn man sich unmittelbar zu unserer Verfolgung aufmachte.

Wir waren Alle gut beritten — wenigstens eben so gut als die Mormonen sein konnten, und mit einem Führer, welcher die Pässe kannte, hatten wir natürlich den Vortheil vor ihnen.

Es fiel weder Marian noch mir ein, daß gerade der jetzige Augenblick für unsere Flucht günstiger sein könnte als die Mitternachtsstunde, oder irgend eine andere. Jetzt, mitten unter der geräuschvollen Lustbarkeit, wo die Augen und Gedanken Aller dem Tanze zugewendet waren — wo ein leichtes Geräusch durch die lautschallende Musik und viele sprechende oder lachende Stimmen übertäubt ward — wo sogar der Hufschlag eines galoppirenden Pferdes nicht gehört oder nicht beachtet ward — jetzt mußte zu unserm Unternehmen die rechte Zeit sein.

Aber keins von uns dachte daran. Ich weiß nicht, was schuld daran war, ausgenommen vielleicht, daß wir durch die Ungewißheit in Bezug auf Lilian's

Gesinnung abgehalten wurden, an schließliche Maß=
regeln zu denken.

Ihre Einwilligung war jetzt die wichtigste Be-
dingung unseres Gelingens, eben so wie ihre Wei-
gerung das größte Hinderniß gewesen wäre, aber
ganz gewiß weigerte sie sich nicht.

Diese Befürchtung konnten wir kaum einen
Augenblick lang hegen.

Mittlerweile mußte sie den Brief gelesen haben.
Wir konnten jetzt von Angesicht zu Angesicht mit ihr
sprechen — das heißt, wenn sich eine Gelegenheit
zu einer Unterredung fand.

Diese Gelegenheit zu suchen, war der Grund,
aus welchem wir jetzt nach der Wagenburg zurück=
kehrten.

Das Licht brannte noch innerhalb des Wagens.
Die Flamme beleuchtete mit mattem Scheine die
Leinwand.

Mit verstohlenem Tritte näherten wir uns und
sahen, daß wir nicht beobachtet wurden. Wiederum
standen wir am Ende des plumpen Fuhrwerkes.

Wir hoben unsere Augen empor, um durch den
Vorhang zu sehen, als gerade in diesem Augenblicke
das Licht verlosch.

Jemand hatte es plötzlich ausgelöscht.

Man hätte dies als ein böses Omen betrachten

können, einen Augenblick später aber hörten wir ein leises Rascheln, als ob Jemand sich unter der Leinwanddecke des Wagens nach dem hintern Theile desselben zu bewegte.

Wir blieben schweigend stehen und hörten auf das Geräusch. Endlich hörte es auf.

Unmittelbar nachher aber ward der Rand des Vorhangs langsam und geräuschlos gehoben.

Ein Gesicht zeigte sich in der Oeffnung. Es war fast ganz finster, aber selbst durch das schwarze Dunkel schimmerte dieses liebliche Antlitz sanft und weiß.

Marian stand am nächsten und erkannte es sofort. In zärtlichem Tone sprach sie das magische Wort:

„Schwester!"

„O Marian! Schwester! Bist Du es?"

„Ja, theuerste Lilian. Aber still — sprich leise!"

„Lebst Du noch oder träume ich?"

„Es ist kein Traum, sondern eine Wirklichkeit."

„O gütiger Himmel, sage mir, theure Schwester —"

„Alles sollst Du erfahren, aber nur jetzt nicht — es ist jetzt keine Zeit."

„Aber dieser Mann da, Schwester — wer ist er?"

Ich trat nahe genug hinzu, um flüsternd ant=
worten zu können:

„Jemand, Lilian, der jeden Augenblick sagen
kann: „Ich denke Dein!““

„O, mein Himmel! Edward! — Edward! —
Seid Ihr es?“

„Still!“ flüsterte Marian, indem sie sich mit
einer raschen, warnenden Geberde wieder einmischte.
„Sprecht leise! — Lilian,“ fuhr sie in festem Tone
fort, „Du mußt mit uns fliehen.“

„Von unserm Vater? Ist das Dein Ernst,
Marian?“

„Ja, von unserm Vater — selbst von ihm.“

„Ach, theure Schwester, was wird er sagen?
Was wird er thun, wenn ich ihn verlasse? O mein
armer Vater!“

Es lag tiefer Schmerz in dem Tone ihrer
Stimme — ein Schmerz, der auf noch starke und
treue kindliche Anhänglichkeit schließen ließ, wie sehr
dieselbe auch mit Füßen getreten worden sein mochte.

„Was er sagen, was er thun wird!“ entgegnete
Marian. „Er wird sich freuen — wenigstens sollte
er sich freuen — wenn er die Gefahr kennen lernt,
welcher Du entronnen bist. O Schwester, theure
Schwester! glaube mir — glaube Deiner Marian!
ein furchtbares Schicksal steht Dir bevor. Nur die

Flucht mit uns kann Dich retten. Selbst unser Vater wird bald nicht mehr im Stande sein, Dich zu schützen, eben so wenig als er mich schützen konnte. Zögere daher nicht, sondern sage, daß Du mit uns gehen willst. Sind wir einmal über das Bereich dieser Schurken hinaus, die Dich umringen, so wird Alles gut werden."

„Und unser Vater, Marian?"

„Diesem wird kein Leid geschehen. Nicht sein Verderben sucht man, sondern das Deinige, Schwester, das Deinige!"

Ein unterdrückter Seufzer war die ganze Antwort, die ich hören konnte. Sie schien das Signal zu sein, daß der Zauber gebrochen war, als ob das Herz sich einer Sclaverei entrissen hätte, welcher es bis jetzt unterworfen gewesen. Hatten Marian's Worte Ueberzeugung herbeigeführt? oder hatten sie eine schon bereits früher gefaßte Befürchtung bestätigt? War es der Riß des Fadens der Kindesliebe, was ich in diesem dem gequälten Herzen sich entringenden Tone vernommen?

Sowohl der Seufzer als auch das Schweigen, welches folgte, schien Zustimmung zu bedeuten. Um noch gewisser zu gehen, stand ich im Begriffe, den Einfluß meiner Einmischung mit aller Innigkeit der Ansprache eines Liebenden hinzuzufügen.

Verzweiflungsvoll überredende Worte schwebten mir schon auf der Zunge, als in diesem Augenblicke einige seltsame, innerhalb der Wagenburg' ausgestoßene Interjectionen an mein Ohr schlugen.

Ich trat schnell auf die Seite und schaute über die Räder der Wagen.

Hier bot sich mir ein Schauspiel dar, bei welchem mir das Blut in wildem Ungestüm durch die Adern jagte.

Marian erblickte es gleichzeitig. Holt hatte, als wir ihn nur einen Augenblick zuvor sahen, am Feuer gesessen; als wir aber jetzt hinschauten, sahen wir, daß er aufgestanden war und daß seine Haltung seltsame Aufregung verrieth.

Die Ursache stellte sich sehr bald heraus.

Der Hund Wolf sprang an ihm empor, heulte und bellte und legte seine Freude auf sonstige Weise an den Tag. Das Thier hatte seinen alten Herrn erkannt!

Trotz der bemalten Schnauze und des geschornen Felles ward der Hund ebenfalls erkannt. Die Erkennung zwischen ihm und seinem Herrn war eine gegenseitige. Ich sah dies auf den ersten Blick, und die Worte des Squatters bestätigten blos, was dem Auge schon vollkommen klar war.

„Ich will verdammt sein, wenn das nicht mein

alter Hund ist!" rief er nach mehrern kürzern Aus=
rufungen, „mein alter Hund Wolf! Heda, Stebbins,"
fuhr er fort, indem er sich nach dem Heiligen herum=
drehte, „was soll das heißen? Sagtet Ihr mir nicht,
er wäre todt?"

Stebbins war leichenblaß und ich sah, wie seine
Lippen vor Aufregung zitterten. Es war weniger
Furcht als eine andere Leidenschaft, welche in seinen
Zügen spielte, und nur zu leicht konnte ich den Ge=
dankenstrom muthmaßen, der sich durch sein Gemüth
bewegte.

Die Gegenwart dieses Thieres mußte eine Reihe
von Empfindungen hervorgerufen haben, die weit
erschütternder und seltsamer waren als die, welche
das Gemüth des Squatters beschäftigten, und ich be=
merkte, daß er sich bemühte, diese Empfindungen zu
verhehlen.

„Das ist ein sonderbarer Umstand," sagte er, im
Tone erheuchelter Ueberraschung sprechend, „sehr son=
derbar. Allerdings ist es der Hund, obschon er ent=
stellt worden ist. Ich glaubte, er wäre todt. Die
Leute von unserer Frühlingskarawane sagten es. Sie
sagten, die Wölfe hätten ihn zerrissen."

„Wölfe? Ich möchte wissen, wie die ihn hätten
zerreißen sollen — alle Wölfe auf sämmtlichen Prai=
rieen waren dies nicht im Stande. Es ist ja übrigens

auch keine Spur von einer Wunde an ihm zu sehen! Wo kommt er aber her? Wer hat ihn hierher gebracht?"

Ich bemerkte, daß Stebbins diese Frage zu umgehen suchte, denn er gab eine ausweichende Antwort.

„Wer weiß es? Wahrscheinlich ist er in den Händen von Indianern gewesen — die Bemalung beweis't es — und da er der Gesellschaft von Weißen den Vorzug giebt, so ist er uns nachgelaufen und endlich in das Lager gerathen."

„Ist er vielleicht mit den Indianern gekommen, die da draußen campiren?" fragte Holt rasch.

„Nein — das glaube ich nicht," antwortete der Mormone, in dessen Blicke ich sofort die verbrecherische Lüge entdeckte.

„Laßt uns einmal hinausgehen und nachsehen," schlug der Squatter vor, indem er zugleich einen Schritt nach dem Eingange des Corrals that.

„Nein — heute Nacht nicht, Holt," entgegnete der Mormone mit einem Eifer, welcher bewies, daß er ein großes Interesse daran hatte, die Frage auf den folgenden Tag zu verschieben. „Heute Nacht dürfen wir die Leute nicht stören. Morgen früh können wir sie sprechen und Alles erfahren."

„Ach, warum sollen wir sie nicht stören? warum

sollen wir nicht heute Abend so gut Erkundigungen einziehen können als morgen?"

„Wohlan, wenn Ihr es heute Abend noch zu wissen wünscht, so will ich selbst gehen und den Führer sprechen. Ohne Zweifel kann er, wenn der Hund wirklich mit diesen Leuten gekommen ist, uns genaue Auskunft darüber geben. Ihr bleibt doch hier, bis ich wiederkomme?"

„Dann seid aber nicht lange. Heda, Wolf, alter Kerl! Unter Indianern hast Du Dich herumgetrieben? Da dauerst Du mich, altes Thier. Ich freue mich wirklich, Dich wiederzusehen — ich freue mich eben so sehr, als wenn —"

Ein plötzlicher Gedanke schien durch diese Redeform in ihm wach gerufen zu werden — nicht der, welchem er im Begriffe gestanden hatte, Worte zu leihen — sondern ein anderer, dessen Bitterkeit ihn nicht blos abhielt, zu sagen, was er beabsichtigt, sondern ihn auch bewog, sofort die Liebkosungen seines Hundes von sich zu weisen.

Nach seinem Sitze zurücktaumelnd, sank er schwerfällig darauf nieder und bedeckte gleichzeitig das Gesicht mit den Händen.

Der Ausdruck auf den Zügen des Mormonen, als er sich von dem Feuer entfernte, war ein dämonisch bedeutsamer. Augenscheinlich verstand er Alles.

Ich sah ihn mit lautlosem, verstohlenem Tritte
wie einen rastlosen Geist der Finsterniß durch den
Corral schleichen.

Hier und da blieb er stehen und sprach mit dem
Einen, um sich dann schnell einem Andern zu nähern.

Der Zweck dieser kurzen Besprechungen war
nicht schwer zu errathen.

Er rief die „Würger" zusammen!

Nun war kein Augenblick zu verlieren. Ich
eilte zurück nach der Hinterseite des Wagens und
sprach mit offenen Armen meine flehentliche Bitte.

Aber es bedurfte dieser nicht. Marian war
schon vor mir da. Sie sowohl als ihre Schwester
hatten den Auftritt in dem Corral mit angesehen.
Beide sahen schon den heranziehenden Sturm voraus,
und ehe meine Lippen, nachdem sie meine leidenschaftliche Ansprache hervorgestammelt, sich schlossen,
lag Lilian Holt an meiner Brust.

Es war das erste Mal, daß diese schöne Wange
meine Schulter berührte — es war das erste Mal,
daß diese weichen Arme meinen Hals umschlangen.
Aber keinen Augenblick lang wagte ich, mich dieser
süßen Umarmung hinzugeben. Wenn wir zögerten,
so konnte es leicht die letzte sein!

Nach den Zelten! Nach den Zelten! Ich wußte,
daß die Pferde warteten. Ein schon gegebenes

Signal hätte meine Kameraden warnen sollen und ich hatte keinen Argwohn — keine Furcht.

Wie ich erwartete, fanden wir sie alle — sowohl Leute als Pferde — die letzteren gesattelt, gezäumt und fertig.

Der Mexikaner war da — eben so die Uebrigen. Das Erscheinen des Hundes war für ihn gewissermaßen das Stichwort gewesen und er war eiligst nach den Zelten zurückgekehrt.

Wir dachten weder an diese noch an unser anderes Eigenthum — weder an unsere Maulthiere noch an unser Gepäck. Nur unser Leben und unsere Freiheit suchten wir zu retten.

Mein Araber wieherte freudig, als ich mich in den Sattel schwang. Er fühlte sich stolz, jene schöne Gestalt noch auf seiner Kruppe zu tragen, und als er über die Ebene hingaloppirte, verrieth sein triumphirendes Schnauben, daß er den ruhmreichen Dienst, den er zu leisten berufen war, recht wohl verstand.

Als wir die Zelte verließen, sahen wir eine Anzahl dunkler Gestalten aus dem Eingange der Wagenburg herausgestürzt kommen.

Der rothe Schein der Wachtfeuer warf ihre Schatten weit über die Ebene — selbst vor unsere Pferde hinweg. Es waren die Schatten von Männern zu Fuße und bald hatten wir sie hinter uns.

Die Musik war plötzlich verstummt, und das Murmeln und Summen der tanzenden Menge einem lauten Rufen und Schreien gewichen, welches einen gewaltigen Aufruhr im Lager verrieth.

Wir hörten deutlich die Stimmen von Männern, welche den Pferdehütern zuriefen, und rasches Hufgetrappel, als die Thiere eiligst nach der Wagenburg geführt wurden.

Die zu erwartende Verfolgung machte uns keine Unruhe. Wir waren zu gut beritten, als daß wir zu fürchten gebraucht hätten, man werde uns einholen, und als wir so in die Nacht hinein galoppirten, konnten wir mit Zuversicht den Ruf des kühnen Grenzers wiederholen:

„Schnell muß das Roß sein, das uns folgen will!"

Achtzehntes Kapitel.

Wir suchen ein Versteck.

Wir ritten direct nach Robibeau's Passe. Die
Nacht war immer noch sehr finster, aber es kostete
uns keine große Mühe, den Weg zu finden. Selbst
in der Dunkelheit war die tiefe Spur von der schwe-
ren Auswandererkarawane hinreichend ersichtlich, und
wir konnten sie mit Genauigkeit zurückverfolgen.

Unser erfahrener Führer würde sie mit verbun=
denen Augen gefunden haben. Daß wir verfolgt
und grimmig verfolgt wurden, daran ließ sich
kaum zweifeln. Ich für meinen Theil war davon
überzeugt. Das, was für Stebbins bis jetzt auf
dem Spiele stand, war zu kostbar, als daß er gut=
willig hätte darauf verzichten sollen.

Die eifersüchtige Wachsamkeit, womit Lilian

unterwegs bewacht worden und die, wie ich jetzt nach
und nach erfuhr, eine förmliche Spionage zu nennen
war — denn die gelbe Duenna fungirte gleichzeitig
als Spion und als Beschützerin — Alles ließ auf die
von uns schon vermuthete Absicht schließen, obschon
das junge Mädchen selbst vielleicht glücklicher Weise
keine Kenntniß davon hatte.

Das Mißlingen seiner Absicht — und dies war
das zweite Mal — mußte für den Pseudo-Apostel
ein harter Schlag sein und ohne Zweifel seine erwartete Beförderung gefährden.

Ueberdies mußte er geglaubt oder vermuthet
haben, daß Marian Holt noch lebe, und dieser
Glaube oder diese Vermuthung mußte nun durch das
Wiedererscheinen des Hundes bestätigt worden sein.

Ja, es war fast gewiß, daß ihm, als er das
Thier wiedererkannte, die Wahrheit plötzlich klar
geworden war; er wußte, daß Marian selbst zur
Stelle, und das bemalte Gesicht, welches ihn für den
Augenblick getäuscht, das Gesicht seiner Braut aus
Tennessee war.

Die unmittelbar darauf erfolgte Entführung
mußte diesen Glauben nicht blos bestätigen, sondern
auch seinen Eifer bei einer Verfolgung verdoppeln,
welche das Wiedererlangen b e i d e r Opfer versprach,

die sich auf so unerwartete Weise seiner Gewalt ent-
zogen hatten.

Obschon aus andern Gründen, war es doch sehr
natürlich, daß auch Holt selbst bei der Verfolgung
einen gleichen Eifer entwickelte. Er argwohnte vielleicht noch Nichts in Bezug auf Marian oder ihre
Verkleidung.

Diesem mußte es einfach erscheinen, als sei sein
zweites Kind aus dem Lager gestohlen — von Indianern entführt worden; aber schon dies mußte hinreichend sein, ihn zur größten Anstrengung um ihre
Wiedererlangung anzustacheln.

Aus diesen Gründen zweifelten wir nicht, daß
wir verfolgt würden, und zwar mit allem Eifer und
aller Energie, deren unser apostolischer Feind und
seine Trabanten fähig waren.

Eine Entfernung von zwanzig englischen Meilen
lag zwischen dem Mormonenlager und dem Eingange
von Robideau's Passe.

Beinahe diese ganze Strecke hatten wir im
Galopp zurückgelegt. Bis jetzt hatten wir keine
Unruhe empfunden; als wir aber in den Paß hinein
waren, begannen unsere schäumenden Pferde Ermüdung zu verrathen; besonders war dies bei denen der
Fall, die von Sicherschuß und Wingrove geritten
wurden, weil sie schwächer waren als die übrigen.

Beide waren augenscheinlich ganz erschöpft, und konnten nicht weitergehen, ohne vorher ausgeruht zu haben.

Dies rief erneute Befürchtungen hervor. Wir mußten, daß die Pferde unserer Verfolger nach der langen Ruhe in ihrem Lager verhältnißmäßig frisch waren, während die unsrigen nicht nur am Tage vorher eine bedeutende Reise gemacht, sondern auch an diesem selben Tage fünfzig Meilen, und zwanzig davon im Galopp, zurückgelegt hatten.

Kein Wunder, daß sie Spuren von Ermüdung kund gaben.

Bald nachdem wir in den Paß hinein waren, machten wir Halt, um uns mit einander zu berathen.

Wenn wir immer weiter fort ritten, so konnten wir fast mit Sicherheit darauf rechnen, eingeholt zu werden.

Es war dies in Folge der wüthenden Verfolgung, die wir Grund hatten, zu vermuthen, um so wahr= scheinlicher.

Blieben wir, wo wir waren, so hieß dies nichts Anderes als die Ankunft des Feindes erwarten, der sich ohne Zweifel in solchen Massen einfand, daß unsere Gefangennehmung unvermeidlich und jeder Versuch, uns zu vertheidigen, eben so überflüssig als verderblich werden mußte.

12*

Wir hatten es dann nicht mehr mit Indianern, nicht mehr mit Lanzen und Pfeilen zu thun, sondern mit starken, muthigen Männern, die eben so gut bewaffnet waren wie wir selbst, und an Zahl uns weit überlegen.

Uns in der Schlucht versteckt zu halten und unsere Verfolger vorüber zu lassen, wäre vielleicht für den Augenblick ein ganz gutes Auskunftsmittel gewesen, wenn wir hinreichende Deckung gehabt hätten; aber weder die Felsen noch die Bäume boten einen vortheilhaften Versteck für unsere Pferde.

Die Gefahr, daß sie entdeckt werden würden, erschien zu groß, und wir wagten nicht, uns einer so unhaltbaren Möglichkeit anzuvertrauen.

Innerhalb des Passes war es nicht möglich, von der Spur abzuweichen, und als wir den Zustand unserer Pferde entdeckten, bedauerten wir, daß wir das Gleis nicht verlassen hatten, ehe wir den Paß betraten.

Wir warfen sogar die Frage auf, ob es nicht gerathen sei, eine Strecke weit zurückzukehren und die Spur zu verlassen, indem wir einen hinter uns liegenden Ausläufer des Gebirges erkletterten — aber dies erschien zu gefährlich. Vielleicht hatten unsere Verfolger in diesem Augenblicke den Paß schon betreten — vielleicht ritt jetzt schon eine Schaar

Bewaffneter das Thal herab, obschon unser Ohr bis jetzt noch keinen Schall von Hufschlägen vernahm.

Glücklicher Weise hatte in diesem Augenblicke des Zögerns unser mexikanischer Kamerad einen Gedanken, der uns aus der Verlegenheit zu helfen versprach.

Es war eine Erinnerung, die plötzlich in ihm erwacht war.

Er besann sich, auf einer seiner Trapper= expeditionen eine Schlucht entdeckt zu haben, welche auf der nördlichen Seite aus Robibeau's Passe hinaus= führte. Es war eine bloße Felsenspalte, gerade breit genug, um einen Reiter hindurchzulassen. Weiter hinauf mündete sie in eine kleine Ebene oder ein „Vallon", wie der Mexikaner es nannte, die vollstän= dig von Bergen umschlossen war.

Diese stiegen ringsum so steil empor, daß es für einen Berittenen unmöglich war, sie zu erklettern. Der Trapper selbst war damals genöthigt gewesen, durch die Schlucht zurückzukehren, nachdem er sich vergebens bemüht, einen andern aus diesem Vallon hinausführenden Weg ausfindig zu machen.

Das Vallon war sonach eine Sackgasse, oder wie der Trapper es in seiner Sprache nannte, ein bolson.

Unser Führer war der Meinung, daß dieser

bolson als Versteck dienen könne, bis unsere Pferde ausgeruht haben würden. Er glaubte mit Bestimmt- heit zu wissen, daß der Eingang der Schlucht nicht weit von der Stelle entfernt sei, wo wir Halt ge- macht, und überdies, daß er im Stande sein würde, ihn ohne Schwierigkeit zu finden.

Sein Rath war daher der, daß wir die Schlucht aufsuchen und, nachdem wir sie gefunden, in das Vallon hineinreiten und darin bleiben sollten bis zur nächstfolgenden Nacht.

Unsere Verfolger konnten mittlerweile vorüber- kommen und auch wieder umkehren; mochte dies nun aber der Fall sein oder nicht, so hatten unsere Pferde dann auf jeden Fall ausgeruht, und selbst wenn wir dann wieder auf die Verfolger stießen, konnten wir hoffen, durch die überlegene Schnelligkeit unserer Pferde zu entrinnen.

Der Plan war ausführbar.

Mir fiel blos eine Schwierigkeit ein und ich theilte sie unserm Führer zu seiner Erwägung mit.

Das Vallon war, wie eben bemerkt worden, eine Sackgasse. Verfolgte man unsere Spur bis in diese hinein, so hatten wir dann keine Möglichkeit des Entrinnens, sondern waren gefangen wie in einer Falle.

„Carambo!“ rief der Mexikaner, „von solchen

Hunden, wie diese, braucht man nicht zu fürchten, aufgespürt zu werden. Die verstehen Nichts von diesem Geschäfte — nicht ein einziger von der ganzen Sippschaft wäre im Stande, selbst zur Schneezeit die Spur eines Büffels zu verfolgen. Carambo, nein!"

„Ein Mann ist dabei, der es könnte," antwortete ich; „ein Mann, der auch eine unbedeutende Spur zu verfolgen wüßte."

„Wie! Es ist ein rastreador unter diesen Judios! Wer ist das, cavallero?"

„Ihr Vater."

Ich flüsterte diese Antwort so leise, daß keine der beiden Mädchen sie hören konnte.

„Ah, das ist allerdings wahr!" murmelte der Mexikaner. „Der Vater der Jägerin — er ist ja selbst Jäger! Carrai! das ist sehr wahrscheinlich. Doch gleichviel. Ich kann Euch in die Schlucht hinein auf eine Weise führen, daß selbst der geschickteste rastreador der Prairie nicht ahnen würde, daß wir dieselbe passirt seien. Zum Glück ist das Terrain günstig. Der Boden des kleinen Canon ist mit Steinen bedeckt — auf diesen läßt der Huf keine Spur zurück."

„Vergeßt aber nicht, daß einige unserer Pferde beschlagen sind — das Eisen wird uns verrathen."

„Nein, Sennor, wir werden sie umwickeln —
nos vamos con los pies en medias — wir wollen in
Strümpfen marschiren."

Der Gedanke war mir nicht neu, und ohne
weiteres Zögern begannen wir, ihn in Ausführung
zu bringen.

Mit Lumpen und Lederstreifen umwickelten wir
die Hufe unserer beschlagenen Pferde, und nachdem
wir der Wagenspur noch weiter gefolgt waren, bis
wir einen geeigneten Platz fanden, uns davon zu
entfernen, bogen wir in schräger Richtung nach der
Felsenhöhe ab, welche die nördliche Grenze des Passes
bildete.

Diese entlang folgten wir schweigend dem Führer,
und nachdem wir etwa noch eine Viertelmeile zurück=
gelegt, sahen wir zu unserer Freude ihn links abbie=
gen und plötzlich aus unsern Augen entschwinden,
gerade als ob er in die massive Felsenwand hinein=
geritten wäre!

Wir würden Erstaunen empfunden haben, aber
eine schwarze Kluft zeigte sich in demselben Augen=
blicke unsern Augen und wir wußten, daß dies die
Schlucht war, welche unser Führer schon einmal
besucht hatte.

Ohne weiter ein Wort zu wechseln, lenkten wir

unsere Pferde hinein und ritten darin weiter. Es floß Wasser zwischen dem Geröll, auf welchem unsere Rosse entlang stampften, aber es war seicht und hinderte nicht unser Fortkommen. Es konnte vielmehr dazu dienen, die Spur unserer Pferde zu verbergen, im Fall es unsern Verfolgern gelang, zu ermitteln, auf welche Weise wir von der Hauptstraße hinweggekommen waren.

Wir fürchteten jedoch nicht, daß dies geschehen würde, denn wir hatten unsere Spur, da, wo sie sich von der der Wagen trennte, auf das Sorgfältigste zu vertilgen gesucht.

Als wir das kleine Vallon erreicht hatten, dachten wir nicht mehr an Gefahr, sondern ritten bis an das obere Ende desselben, stiegen ab und trafen, so gut die Umstände es erlaubten, die nöthigen Arrangements, um die Ruhe zu genießen, deren die Meisten von uns in hohem Grade bedurften.

In Büffelfelle gehüllt und ein wenig von der übrigen Gesellschaft abgesondert, lagen die Schwestern neben einander im Schatten eines Baumwollenholzbaumes.

Es war eine lange Zeit vergangen, seitdem diese schönen Gestalten so nahe neben einander geruht hatten, und das weiche leise Murmeln ihrer

Stimmen, welches sich durch das Seufzen des leisen
Windes und das rieselnde Geräusch der Gebirgs-
bäche hindurch hören ließ, mahnte uns, daß eine
jede das süße Geheimniß ihrer Brust der andern
anvertraute.

Neunzehntes Kapitel.

Ein Paraiso.

Wir stehen nun am Beginne des letzten Actes unseres Drama's. Um Alles richtig zu verstehen, ist es nothwendig, daß die Bühne nebst ihren Decorationen mit einem gewissen Grade von Genauigkeit beschrieben werde.

Die kleine Thalebene, in welcher wir ein Versteck gefunden, war nicht über vierhundert Schritte lang und von länglich runder Form. Ohne diese Form hätte sie Aehnlichkeit mit einem ausgebrannten Krater gehabt. Die Wände des sie umgebenden Gebirges stiegen nämlich nicht schräg, sondern ziemlich schroff empor.

An keiner Stelle jedoch besaßen sie die Steilheit

deſſen, was man gewöhnlich unter einer Klippe
verſteht.

Ein Mann zu Fuße hätte ſie, wenn auch mit
Mühe, zu erklettern vermocht — beſonders wenn er
zu dieſem Zwecke die Bäume — Fichten und auf dem
Boden hinkriechende Wachholderbäume — zu benutzen
verſtand, die ſo dicht neben einander wuchſen, daß
ſie den größern Theil der Felſenwand unſichtbar
machten.

Blos hier und da war eine kahle Stelle zu bemerken — ein kleiner Strebepfeiler von weißem Kalk
mit funkelndem Selenit untermengt — während an
andern Stellen ein kleiner über die Felſen herab-
ſchäumender und unter den dunkeln Cedern tanzender
Sturzbach einen ganz ähnlichen Anblick darbot.

Dieſe kleinen auf die Ebene herabfallenden
Sturzbäche bildeten zahlreiche kryſtallene Kanäle,
welche das Thal durchſchnitten. Gleich den Armen
eines ſilbernen Candelabers vereinigten ſich alle in
der Gegend des Mittelpunktes und bildeten hier einen
durchſichtigen Fluß, welcher weiterſtrömend ſich durch
die Schlucht in Robibeau's Paſſe ergoß.

Die Folge dieſer Waſſerfülle war, daß ſich in
der kleinen eingeſchloſſenen Ebene eine üppige Vege-
tation entwickelt hatte, obſchon ſie nicht die Form
eines Waldes beſaß.

Einige wenige dünn umhergeſtreut ſtehende ſehr
hübſche Baumwollenhölzer waren die einzigen Bäume,
dabei aber war der Boden mit dem ſchönſten ſmaragd-
grünen Graſe bedeckt und mit den ſchönſten Blumen
geſchmückt, die hier ungeſehen in dieſer lieblichen
Einſamkeit erblühten und verwelkten.

Den Rand des kleinen Fluſſes entlang ließen
große Waſſerpflanzen ihre breiten Blätter ſchmachtend
über die rieſelnden Wogen ragen, und da, wo die
kleinen Cascaden über die Felſen herabſtürzten, ſah
man ſchöne Orchideen unter dem Schaume funkeln.
Viele derſelben klammerten ſich an die Cedern an
und vereinigten auf dieſe Weiſe beinahe die äußerſten
Formen der botaniſchen Welt.

Dieſe reizende Landſchaft zeigte ſich unſern
Augen in dem bolson, in welches unſer Trapper uns
geführt hatte. Schon in dem blauen Lichte der
Dämmerung, indem wir ſie zuerſt erblickten, erſchien
ſie uns lieblich; aber noch weit lieblicher, als die
Sonne die Gipfel der Mojaba-Gebirge, die ſie um-
ſchloſſen, zu vergolden und ihre purpurnen Roſen
auf die ſchneeigen Gipfel des Wa—to—yah, der eben
durch die Schlucht hindurch ſichtbar war, zu ſtreuen
begann.

„Esta un Paraiso!“ (Das iſt ein Paradies!) rief
der Mexikaner, in welchem die Poeſie ſeines Volkes

erwachte. „En verdad un Paraiso! Und dabei beſſer
bevölkert als das Paradies der erſten Menſchen.
Mira! cavallero!" fuhr er fort. „Schauet! Wir haben
hier nicht e i n e Eva, ſondern ihrer z w e i, und jede
iſt ſo ſchön als die Mutter der Menſchen nur geweſen
ſein kann."

Während der Trapper dies ſagte, zeigte er auf
die Mädchen, welche Hand in Hand von dem Fluſſe
zurückkehrten, wo ſie ihre Abwaſchungen vollbracht
hatten.

Die Malerei war nun verſchwunden von
Marian's Wangen, welche wieder in ihrer angebor-
nen herrlichen Farbe ſtrahlten. Dieſe zu bewundern,
war Wingrove's Aufgabe; m e i n e Augen waren
auf die roſige Blondine geheftet, und indem ich ihr
in's Geſicht blickte, konnte ich nicht umhin, das Urtheil
des enthuſiaſtiſchen Sprechers zu wiederholen: „Schön
wie die Mutter der Menſchen."

Wingrove und ich hatten den Fluß ſchon vorher
beſucht und es war uns bis zu einem gewiſſen Grade
gelungen, unſere Haut von der Zinnobermalerei zu
reinigen.

In Erwartung dieſer angenehmen Begegnung
war es ganz natürlich, daß wir uns einer Maske zu
entledigen ſuchten, welche ein weibliches Auge nicht
anders als mit Widerwillen betrachten konnte.

Auch war es ganz natürlich, daß wir wünschten, diese in einander geschlossenen Hände möchten sich lösen und diese jungfräulichen Gestalten sich von einander trennen.

Das Glück war unsern Wünschen günstig.

Lilian erblickte gerade jetzt eine von dem Aste eines Baumes herabhängende Blume, und die Hand ihrer Schwester loslassend, eilte sie, diese Blume zu pflücken.

Marian, die sich weniger für Blumen inter-essirte, folgte ihr nicht. Vielleicht lockte ihre Neigung sie nach einer andern Richtung hin.

Einer aber folgte der schönen Lilian — er war nicht im Stande, der Gelegenheit zu einer ungehin-derten Unterredung zu widerstehen — der ersten, die sich seit jener Stunde des ersten süßen Eindrucks darbot.

Wie hüpfte mir das Herz, als ich die Blüthe der Bignonie erblickte, denn eine solche war es, die von dem Aste des Baumwollenholzes herabhing, um welches die hellgrünen Blätter sich liebend rankten!

Wie ward mein Herz von triumphirender Freude erfüllt, als ich die schlanken Finger sich nach der Blume ausstrecken, sie von ihrem Stengel pflücken und an meine Brust stecken sah!

... Man spreche nicht von Glückseligkeit, wenn dies keine ist.

Wir wandelten mit einander weiter durch die vereinzelten Bäume, die Ufer des Flusses entlang an den Rändern der kleinen Bäche. Wir wanderten um die ganze Ebene herum und blieben bei den Wasserfällen stehen, die schäumend von den Felsen herabstürzten.

Wir mischten unsere Stimmen mit denen des Wassers, welches leise murmelnd zu wiederholen schien: „Ich denke Dein!"

„Und, Lilian, wirst du stets mein gedenken?"

„Ja, Edward — immer und ewig."

War der Kuß, der ein solches Versprechen besiegelte, ein profaner? Nein, er war geheiligt — heilig bis in die Tiefen der Erde, bis empor zum Himmel!

Wie konnten wir, so von süßem Taumel erfüllt, träumen, daß auf Erden es noch etwas Bitteres für uns geben könne? Wie konnten wir argwohnen, daß in diesen lächelnden Garten die gefürchtete Schlange sich einschleichen werde? — Ach leider ringelte sie sich in diesem Augenblicke heran — sie war schon nahe. —

*　*　*

Der Platz, den wir zu unserem zeitweiligen Bivouak gewählt und wo wir die Nacht zugebracht, befand sich an dem obern Ende des kleinen Thales und dicht an der Felsenwand. Wir hatten diesen Platz gewählt, weil der Boden hier ein wenig höher und folglich auch trockener war als anderwärts.

Einige Baumwollenholzbäume beschatteten ihn und er ward auch ferner noch durch eine Anzahl großer Felsblöcke geschirmt, welche von der Höhe oben herabgestürzt, jetzt am Fuße derselben lagen. Hinter diesen Felsblöcken hatten die Männer unserer Gesellschaft geschlafen, nicht weil ihnen dadurch eine größere Sicherheit verschafft worden wäre, sondern einfach aus Gründen des Zartgefühls und weil sie auf diese Weise von dem von unseren schönen Schütz- linginnen bewohnten Zimmer getrennt waren.

Es war uns nie eingefallen, daß unser Ver- steck während der Nacht entdeckt werden könnte, und selbst lange, nachdem es Tag geworden, waren wir so zuversichtlich in unserem Gefühle des Verborgen- seins, daß wir keine Vorsichtsmaßregeln getroffen hatten, weder um die Felsen zu recognosciren und einen Weg zum Rückzuge zu suchen, noch Verthei- digungsmittel für den Fall eines Angriffs in Bereit- schaft zu halten.

In so weit Wingrove und ich betheiligt waren,
habe ich diese Nachläſſigkeit bereits erklärt — denn
es war wirklich eine Nachläſſigkeit von der unverzeih=
lichſten Art.

Der Mexikaner, der überzeugt war, daß es ihm
gelungen ſei, unſere Spur zu verwiſchen, war viel=
leicht weniger vorſichtig als er außerdem geweſen
ſein würde, und Sicherſchuß verließ ſich ebenfalls
auf ſeinen neuen Kameraden, von deſſen Geſchicklich=
keit und Umſicht er eine ſehr hohe Meinung gefaßt
hatte.

Trotzdem aber ſah ich, daß Archilete nicht ganz
frei von Befürchtungen war.

Er hatte ſein künſtliches Bein angeſchnallt,
das natürliche war durch den langen Druck auf den
Steigbügel ermüdet — und als er ſo umherhumpelte,
bemerkte ich, daß er von Zeit zu Zeit forſchende
Blicke in das Thal hinab warf.

Da ich dieſe Anzeichen von Ungeduld mehr als
einmal bemerkte, ſo begann ich unruhig zu werden.
Die Klugheit verlangte, daß ſelbſt jene ſüße Scene
unterbrochen ward — blos zeitweilig, hoffte ich, bis
wir Etwas ausfindig gemacht hätten, was uns gegen
die Möglichkeit einer Entdeckung ſicher ſtellte.

Ich hatte mich mit meiner schönen Begleiterin von dem sanften Gemurmel des Wasserfalles entfernt und stand mit dem Gesichte nach dem obern Ende des Vallon gewendet, als ich plötzlich von Seiten Stelzbeins ein seltsames Manöver bemerkte.

Der Trapper hatte sich platt auf das Gras niedergeworfen, hielt das Ohr dicht auf den Boden und schien zu horchen.

Diese Bewegung war zu bedeutsam als daß sie nicht unser Aller Aufmerksamkeit hätte erregen sollen.

Meine Begleiterin war die einzige, die sie nicht verstand, aber sie bemerkte, daß sie großen Eindruck auf alle Uebrigen machte, und ein Ausruf der Unruhe entschlüpfte ihr, als sie sah, daß Alles auf den Platz zueilte, den der ausgestreckt liegende Trapper einnahm.

Ehe wir ihn erreichen konnten, war er wieder aufgesprungen und, indem er mit seinem hölzernen Beine heftig auf dem Boden stampfte, rief er:

„Carambo, camerados! die Hunde sind uns auf der Spur. Oiga los? — el perro — el perro!" (Hört Ihr sie? — der Hund — der Hund!)

Die Worte waren kaum aus seinem Munde,

13*

als ihre Deutung durch das Getöse erfolgte, welches schallend das Thal herauf kam.

Von dem leichten Winde getragen, machte es sich durch das Rauschen des Wassers hindurch hörbar. Es ward sofort gehört, aber auch sofort verstanden.

Es war das Bellen eines Hundes, welcher eine Fährte verfolgte.

Die dumpfen Töne wurden sofort wiedererkannt. Die Jägerin rief bei dem ersten, der an ihr Ohr schlug:

„Wolf! — Mein Hund Wolf!"

Kaum hatte sie dies gesagt, so kam der Hund selbst zum Vorschein und überzeugte uns Alle von seiner glatt geschornen Identität.

Als das Thier uns sah, folgte es nicht mehr seiner Witterung, sondern kam mit emporgerichteter Schnauze über das Thal herübergaloppirt und auf uns zugesprungen, um die Liebkosungen seiner Herrin zu empfangen.

Wir stürzten nach unsern Waffen, und nachdem wir dieselben ergriffen, rannten wir hinter die Felsblöcke.

Es wäre vergeblich gewesen, wenn wir uns hätten auf unsere Pferde schwingen wollen. Wenn unsere Verfolger dem Hunde folgten, so waren sie jedenfalls schon nahe genug, um uns den Rückzug aus dem Thale abzuschneiden.

Vielleicht waren sie in diesem Augenblicke schon in der Schlucht.

Wir hatten nur e i n e Hoffnung, und diese war, daß der Hund a l l e i n sei. Es war allerdings möglich, daß er, nachdem er Marian im Lager vermißt, ihre Fährte aufgespürt und die ganze Nacht hindurch verfolgt hatte.

Wahrscheinlich aber war es nicht, denn Holt hätte ihn zurückhalten können und würde dies aller Wahrscheinlichkeit nach auch gethan haben.

Noch geringer ward die Wahrscheinlichkeit, als wir die Bewegungen des Hundes selbst beobachteten.

Anstatt bei Marian zu bleiben und sich von ihr liebkosen zu lassen, rannte er in kurzen Zwischenräumen wieder davon und machte Demonstrationen nach der Richtung hin, von welcher er gekommen, als ob er Jemanden erwartete, der bis jetzt dicht hinter ihm gefolgt war.

Die schwache Hoffnung, die wir gefaßt, ward durch die Bestätigung dieser Thatsache in schneller und rauher Weise vernichtet.

Diese Bestätigung geschah durch die heiser durch die Schlucht hallenden Stimmen von Männern.

Ohne Zweifel waren es unsere Verfolger, geführt von dem Hunde, welcher natürlich keine Ahnung von dem Verderben hatte, in welches er auf diese Weise den Gegenstand seines Instinktes und seiner Treue stürzte.

Zwanzigstes Kapitel.

Ein unerwarteter Abfall.

Fast in demselben Augenblicke, wo wir die Stimmen hörten, sahen wir auch die Personen, von welchen sie ausgingen. Ein Reiter kam aus dem finstern Rachen der Kluft hervor — dann ein zweiter — dann ein dritter und so fort, bis ihrer acht in das Thal hereingeritten waren.

Es waren lauter Bewaffnete — mit Flinten, Pistolen und Hirschfängern versehen. Den ersten erkannten wir sofort. Die kolossale Gestalt, der Friesrock, das rothe Hemd und der bunte Turban verkündeten, daß der vorderste unserer Verfolger Holt selbst war.

Unmittelbar hinter ihm kam Stebbins, während die hinter diesem Folgenden die vollstreckenden Tra-

banten der Mormonenregion — die Würgengel!
— waren.

Als sie in das freie Thal herauskamen, ritt
Holt allein weiter, ohne seine Eile zu mäßigen.
Stebbins folgte, aber vorsichtiger, und in einer Ent=
fernung von mehrern Pferdelängen.

Die Daniten machten beim Anblick unserer
Thiere und auch unserer Personen — denn sie
konnten nicht umhin, unsere über die Felsen schauen=
den Gesichter zu sehen — Halt — nicht plötzlich,
sondern einer nach dem andern, als ob sie nicht
wüßten, ob sie weiter reiten oder bleiben sollten,
wo sie waren.

Selbst Stebbins, obschon er dem Squatter
nachritt, that dies mit augenscheinlichem Wider=
streben.

Er sah die Läufe unserer Kugelbüchsen über
den Felsblöcken blitzen, und als er sich uns bis auf
etwa fünfzig Schritte genähert hatte, hielt er sein
Pferd ebenfalls an — so daß Holt's Körper sich
zwischen ihm und unsern Büchsen befand.

Der Squatter allein kam immer näher geritten,
ohne den mindesten Anschein von Furcht. Er war
uns jetzt so nahe, daß wir den Ausdruck seiner Züge
sehen konnten, obschon es schwierig war, ihn zu ver=
stehen. Es war ein Ausdruck, welcher rücksichtslose

Entschlossenheit verrieth — ohne Zweifel den Entschluß, sein Kind den Wilden zu entreißen, die es
ihm gestohlen, denn bis jetzt hatte er noch keinen
Grund, etwas Anderes zu denken.

Natürlich fiel es keinem von uns ein, Feuer
auf Holt zu geben; wäre aber Stebbins in diesem
Augenblicke nur noch einen Schritt näher gekommen,
so wäre mehr als eine Büchse bereit gewesen, ihren
tödtlichen Knall hören zu lassen.

Holt näherte sich rasch, denn sein Pferd ging im
Trabe. Er hielt seine lange Kugelbüchse in schräger
Richtung vor sich und mit beiden Händen, als ob
er bereit wäre, da nöthig, sofort Feuer zu geben.

Plötzlich hielt er sein Pferd an, ließ die Kugelbüchse auf den Sattelknopf fallen und betrachtete
uns mit dem Ausdrucke der Verwunderung und des
Erstaunens.

Der Umstand, daß weiße Gesichter anstatt
rother über die Felsblöcke nach ihm schauten, war
der Grund dieser plötzlichen Veränderung in seinem
Benehmen.

Ehe er noch Zeit hatte, seinem Erstaunen Worte
zu leihen, schlüpfte Lilian hinter dem Felsen hervor,
breitete die Arme aus und rief:

„O Vater, es sind keine Indianer! Es ist
Marian — es ist —"

In diesem Augenblicke erschien ihre Schwester an ihrer Seite.

„Marian lebt!" rief Holt, als er seine verloren geglaubte Tochter erkannte. „Mein Kind Marian lebt noch! Gott sei gepriesen! Nun ist mir die eine große Last von meiner armen Seele genommen — ich muß diese nun auch von der andern befreien."

Indem er diese letzten Worte sprach, riß er sein Pferd halb herum und schwang sich auf der uns zugewendeten Seite herunter. Sobald seine Füße den Boden berührten, legte er seine Kugelbüchse über den Sattel und richtete die Mündung gerade auf die Brust Stebbins', der, kaum zwanzig Schritte von dem Platze entfernt, noch auf seinem Pferde saß.

„Jetzt, Josh Stebbins," rief der Squatter mit Donnerstimme, „jetzt ist die Zeit da, wo ich meine Rechnung mit Euch ausgleichen will."

„Was meint Ihr, Holt?" fragte der Mormone mechanisch mit zitternder Ueberraschung; „was wollt Ihr damit sagen?"

„Ich will sagen, Ihr höllischer Schurke, daß Ihr, ehe Ihr diese Stelle verlaßt, die Wahrheit gesteht und mich von dem Verdachte, einen Mord begangen zu haben, reinigen müßt."

„Was für einen Mord denn?" fragte Stebbins ausweichend.

„O, Ihr wißt recht wohl, was ich meine. Es war keine Mord, es war blos ein Selbstmord, und Gott weiß, daß mir fast das Herz darüber brach.“

Holt's Stimme war heiser vor Gemüthsbewegung. Nach einer Pause fuhr er fort:

„Dennoch aber war der Schein gegen mich und Ihr erfandet Beweise, die unter Juristen Geltung gehabt hätten, obschon sie so falsch waren wie Euer eigenes schwarzes Herz. Ihr habt sie jahrelang gegen mich in Bereitschaft gehalten, um mich zu zwingen, Euern schuftigen Absichten zu dienen. Hier aber giebt es weder ein Gesetz noch Juristen, die Euch helfen könnten. Wir haben blos Zeugen auf beiden Seiten — Eure eigenen Leute dort, und hier einige von etwas besserer Art. Vor diesen Allen ford're ich Euch auf, zu erklären, daß Eure Beweise erlogen waren und daß ich an dem Verbrechen eines Mordes unschuldig bin.“

Es trat tiefes Schweigen ein, als der Sprechende aufgehört hatte. Der seltsame und unerwartete Inhalt des Verlangens raubte uns Allen vor Ueberraschung den Athem.

Selbst die Bewaffneten am andern Ende des Thales sagten kein Wort, und da sie bemerkten, daß durch Holt's Abfall nun fast Büchse um Büchse gegen sie war, so verriethen sie durchaus keinen

Wunsch, zum Schutze ihres apostolischen Anführers vorzurücken.

Dieser Letztere schien einen Augenblick lang zu schwanken. Die Furcht, die sich in seinen Zügen malte, war mit einem Ausbrucke der rachsüchtigsten Erbitterung gemischt — gerade so wie bei einem Tyrannen, der sich genöthigt sieht, auf ein despotisches Vorrecht zu verzichten, welches er lange geübt hat.

Im Grunde genommen, konnte ihm jetzt nur noch wenig daran liegen. Die Opfer seiner schändlichen List waren, wie es schien, nun unwiederbringlich für ihn verloren; dennoch aber schien er selbst von dem Schatten seines frühern Einflusses sich nur ungern zu trennen.

Es blieb ihm keine lange Zeit zum Nachdenken, kaum die Möglichkeit, nach seinen Daniten zu schauen, obschon er dies that, als ob er wünschte, sich zu ihnen zurückzuziehen.

„Bleibt, wo Ihr seib!" schrie der Squatter in drohendem Tone, „nicht von der Stelle! So wie Ihr Miene macht, zurückzuweichen, bekommt Ihr die Kugel durch den Kopf. Also jetzt gesteht, oder so wahr Gott über uns lebt, Ihr sitzt keine Secunde mehr in diesem Sattel!"

Die rasche drohende Weise, auf welche Holt

seine Büchse faßte, sagte Stebbins, daß alles längere
Zögern und Ausweichen vergeblich sein würde. In
eiligen Worten entgegnete er:

„Ihr habt keinen Mord begangen, Hickman
Holt! Ich habe das auch nie gesagt."

„Nein, aber Ihr sagtet, Ihr wolltet es sagen,
und Ihr erfandet Beweise dafür. — Gesteht, daß
Ihr Beweise erfunden hattet und diese über mich
hieltet wie einen Schatten! Gesteht das!"

Stebbins zögerte.

„Rasch, oder Ihr seid ein Kind des Todes!"

„Ja, es ist, wie Ihr sagt!" murmelte der
Elende zitternd.

„Und die Beweise waren falsch, wie?"

„Ja, sie waren falsch — ich bekenne es."

„Genug!" rief Holt, seine Büchse absetzend.
„Genug für mich. Und nun, Ihr feiger Schurke,
könnt Ihr mit Euren übrigen Schurken dort gehen.
Euer Ansehen bei ihnen wird durch Euer Geständniß
nicht gelitten haben. Ihr könnt gehen und Euer
Bewußtsein mitnehmen, wenn dies Euch zum Tröste
gereichen kann. Marsch!"

„Nein," rief eine Stimme von hinten, und in
demselben Augenblicke trat Wingrove hinter seinem
Felsblocke hervor. „So geschwind geht es nicht. Ich
habe auch eine Rechnung mit diesem Schurken abzu-

machen. Ein Mensch, der auf diese Weise gegen einen andern intriguirt, hat kein Recht, zu leben. Ihr mögt ihn loslassen, Hick Holt, ich aber lasse ihn nicht los, und Ihr würdet es auch nicht, wenn Ihr wüßtet —"

„Was denn?" unterbrach ihn der Squatter.

„Was er mit Eurer Tochter vorhatte?"

„Er ist der Gatte meiner Tochter," entgegnete Holt im Tone der Reue und Zerknirschung.

„Nein, das ist er nicht! Die Trauung war eine bloße Spiegelfechterei. Er wollte die arme Marian zu einem ganz andern Zwecke nach der Stadt der Heiligen führen — und Lilian auch."

„Zu welchem Zwecke denn?" rief Holt, dem plötzlich ein Licht aufzugehen schien.

„Er wollte sie zu —" antwortete Wingrove zögernd; „ich kann das Wort nicht aussprechen, Hick Holt, wenigstens nicht in Gegenwart der Mädchen — er wollte sie zu Weibern für den Propheten der Mormonen machen — das war es, was er mit beiden zu thun beabsichtigte."

Der Schrei, der gleich dem Wiehern eines wilden Pferdes den Lippen des Squatters entfuhr, übertäubte Wingrove's letzte Worte und gleichzeitig knallte ein Schuß. Eine Rauchwolke umhüllte einen Augenblick lang Holt und sein Pferd; und aus ihrer

Mitte ließ sich zum zweiten Male jener wilde Rache=
schrei vernehmen.

In demselben Augenblicke galoppirte Stebbins'
Pferd reiterlos das Thal hinab, während der Heilige
selbst mit dem Gesichte aufwärts auf dem Rasen hin=
gestreckt lag.

Er lag still und leblos — ein purpurner Flecken
auf seiner Stirn bezeichnete die Stelle, wo die tödt=
liche Kugel ihm in's Gehirn gedrungen war.

Die Schwestern hatten eben nur Zeit, sich
hinter die Felsblöcke zu flüchten, als eine Salve von
den Daniten gegen uns loskrachte. Ihre Kugeln
schlugen ohne Schaden um uns herum an die Fels=
wände, während die unsrigen, welche sofort antwor=
teten, besser gezielt waren, so daß ein zweiter dieser
furchtbaren Menschen aus dem Sattel herabsinkend
auf der Stelle sein Leben aushauchte.

Die noch übrigen fünf warfen, als sie sahen,
daß der Sieg sich auf unsere Seite neigte, ihre
Pferde schnell herum und galoppirten durch die
Schlucht zehn Mal schneller zurück als sie gekommen
waren.

Wir sahen die Würgengel nicht wieder.

*   *   *

„O meine Kinder!" rief Holt in bittendem Tone, indem er auf seine Töchter zutaumelte und beide in seine ihnen entgegengebreiteten Arme schloß, „wollt Ihr — könnt Ihr mir vergeben? O, Gott, ich bin Euch ein schlechter Vater gewesen, aber ich kannte nicht die Verruchtheit dieser Menschen, auch nicht die Hälfte der seinigen. — Erst als es zu spät war und —"

„Ach, Vater," sagte Marian, indem sie diese Worte der Zerknirschung mit freundlichem Lächeln unterbrach, „sprich doch nicht von Verzeihung. Es giebt Nichts zu verzeihen und vielleicht auch nicht viel zu bedauern, denn die Gefahren, welche wir bestanden, haben unsere Treue gegen einander bewiesen. Wir werden nun, nachdem wir so vielen Gefahren entronnen sind, um desto fröhlicher und glücklicher nach Hause gehen."

„Ach, Marian, Mädchen, Du weißt — wir haben ja kein Haus mehr, in welches wir zurück= kehren könnten."

„O, Ihr habt noch ganz dasselbe, welches Ihr von jeher hattet, wenn Ihr Euch dazu versteht, es von mir anzunehmen," sagte ich. „Das alte Block= haus am Mud=Creek hat Raum für uns Alle, bis wir ein größeres bauen können. Doch, nein," setzte

ich mich verbessernd hinzu, „hier sehe ich zwei Personen, welche kaum geneigt sein dürften, die Gast-
freundschaft dieses Hauses zu theilen. Ein anderes
Blockhaus, weiter oben am Flusse, wird sie wahrscheinlich als seine Bewohner in Anspruch nehmen.“

Marian erröthete, während der junge Hinterwäldler, obschon er bei dieser Anspielung ebenfalls
roth ward, den Muth hatte, zu stammeln, daß er
immer geglaubt habe, sein Haus sei für zwei Personen groß genug.

„Fremdling,“ sagte Holt, indem er sich zu mir
wendete und mir freimüthig die Hand entgegenstreckte,
„Ihr habt mich tief beschämt und ich habe Euch viel
zu danken, aber ich nehme Euer freundliches Aner-
bieten an. Ihr kauftet das Land und ich würde
Euch das Geld zurückgeben, wenn es nicht Alles
verthan worden wäre. Ich glaubte, ich könnte Euch
einen Ersatz bieten, wenn ich Euch Etwas gäbe,
was Euch vielleicht noch besser gefiele. Wie ich aber
sehe, kann ich Euch nicht einmal dieses geben, denn
wie es scheint, ist es schon Euer. Ihr habt sie gewonnen, Fremdling, und Ihr habt sie bekommen.
Ich kann weiter Nichts thun als sagen, daß ich von
Grunde meines Herzens damit einverstanden bin,
daß Ihr sie behaltet.“

„Dank! Dank!"

Lilian war mein auf immerdar.

*   *   *

Der Vorhang fällt und kurz ist der Epilog.

Auf kriegerische und barbarische Scenen folgten die von civilisirter und friedlicher Art, eben so wie der unruhige Strom in seinem gebirgigen Bett daher brausend ruhig durch den Alluvialboden der glatten Ebene fließt.

Von unsern Utah-Bundesgenossen, welchen wir am folgenden Tage begegneten, wurden wir mit allem Nöthigen versehen, um die Rückwanderung durch die Prairieen antreten zu können, und der verlassene Wagen mit einem Gespann indianischer Maulthiere gewährte ein geeignetes Transportmittel.

Nicht ohne Bedauern schieden wir von dem freundlichen mexikanischen Trapper und unseren wackeren Kameraden, dem ehemaligen Scharfschützen und dem ehemaligen Liniensoldaten.

Später hatten wir die Freude, zu hören, daß der Skalpirte seine schreckliche Verstümmelung über-lebte, daß unter dem Schutze Stelzbeins er und Sicherschuß in das Thal von Taos befördert wurden, von wo sie mit der nächsten Goldsucherkarawane weiter über den Colorado nach den Goldregionen Californiens zogen.

Die Vorfälle, von welchen unsere Heimreise begleitet war, zu erzählen, wäre eine angenehme Aufgabe für die Feder, aber die Aufzeichnung würde den Leser kaum interessiren.

Der kolossale Squatter trieb schweigsam, aber heiteren Muthes den Wagen und beschäftigte sich viel mit der Behandlung seiner Maulthiere.

Der junge Hinterwälbler und ich bekamen auf diese Weise Gelegenheit, mit unseren schönen Ange= beteten jene wonnigen Worte und Blicke auszutau= schen, die nur zwischen Lippen und Augen gewechselt werden, auf und in welchen wechselseitige Liebe wohnt.

Sprichwörtlich süß ist der Monat nach der Hochzeit, und dennoch hätte der Honigmonat mit allen seinen Freuden an Wonne und Glückseligkeit nicht jene unserer Vermählung vorangehenden Stunden übertreffen können, die wir auf der Rückwanderung durch die Prairicen verlebten.

Hell wie der Himmel über unsern Häuptern war das Horoskop unserer Herzen. Aller Zweifel und Argwohn war gehoben, kein Schatten weilte mehr am Horizonte unserer Zukunft und verdüsterte das vollkommene Glück, welches wir genossen.

In unserm Fall konnte der Genuß der Erwartung durch den wirklichen Besitz nicht erhöhet werden, denn wir waren schon im Besitze.

Wohlbehalten langten wir in Swampville an.

In dem Postbureau dieses interessanten Ortes erwartete mich ein Brief, dessen Siegel kohlschwarz war.

Unter gewöhnlichen Umständen würde dies meine Freude gedämpft haben, aber die Aufrichtigkeit zwingt mich, zu bekennen, daß eine Durchsicht des Inhalts dieser Epistel auf mich eine gerade entgegengesetzte Wirkung äußerte.

Der Brief meldete mir nämlich das Ableben einer achtzigjährigen Verwandten, die ich niemals gesehen, die aber volle zehn Jahre lang über die für ein Menschenleben festgesetzte Periode hinaus hartnäckig zwischen mir und einem kleinen Erbtheil gestanden, so daß ich schon längst aufgehört hatte, zu hoffen, daß es mir wirklich noch einmal zufallen werde.

Der Betrag war kein großer; da er aber jetzt gerade zur passenden Zeit kam, so war er doppelt willkommen, und es dauerte nun nicht lange, so verschwand eine bedeutende Quantität überflüssigen Bauholzes von den Ufern des Mud=Creek.

Ach, die Klärung des Squatters mit ihrer zickzackförmigen Umzäunung, ihren gegürtelten Bäumen und weißen absterbenden Stämmen! Sie ist jetzt nicht mehr zu erkennen.

An der Stelle des Blockhauses sieht man eine prätensiöse Wohnung mit Portikus und Veranda — beinahe ein kleines Schloß zu nennen. Das kleine Maisfeld, welches kaum einen Acker Flächeninhalt hatte, ist jetzt eine prachtvolle Plantage von vielen Feldern, auf welchen die goldenen Quasten des indianischen Korns, die breiten Blätter eines andern einheimischen Gewächses, des aromatischen indianischen Krauts oder Tabaks, und die sommerfädenähnlichen Büschel der kostbaren Baumwollenpflanze wehen.

Selbst den Squatter würde man kaum in dem respektablen alten Gentleman erkennen, der auf seinem Pferde sitzend mit einer langen Büchse über der Schulter umherreitet, die Plantage beaufsichtigt und die Eichhörnchen erlegt, welche den jungen Mais mit ihren so vielen Schaden anrichtenden Besuchen bedrohen.

Es ist dies aber nicht die einzige Plantage am Mud-Creek. Ein wenig weiter den Fluß hinauf befindet sich eine zweite, von fast eben so großem Umfange und auf dieselbe Weise angelegt und bebau't. Brauchen wir zu sagen, wer der Besitzer dieſer letztern iſt? Wer ſollte es ſonſt ſein als der junge Hinterwälbler, der ſich jetzt in einen wohlha= benden Pflanzer umgewandelt hat?

Die beiden Beſitzungen grenzen an einander und kein eiferſüchtiger Heckenzaun ſcheidet ſie. Beide erſtrecken ſich bis zu jener blumigen Waldwieſe von etwas trauriger Berühmtheit, deren Bäume noch von keiner Axt berührt worden.

Nicht hier, ſondern an einem andern eben ſo blumenreichen und angenehmen Orte kann das Auge des hoch in den Lüften ſchwebenden Adlers eine heitere Gruppe — die Beſitzer der beiden Plantagen mit ihren jungen Frauen Marian und Lilian — erſpähen.

Die Schweſtern ſtehen noch in der vollen Blüthe ihrer unvergleichlichen Schönheit, obſchon jede ihr eigenes Bild in mehr als einem ſie anlächelnden Engelsgeſichte widergeſpiegelt ſieht, während mehr als eine Silberſtimme jenes liebende Wort — das erſte, welches die Lippen des Menſchen zu lallen ver= mögen — in ihr Ohr flüſtert.

Ach, geliebte Lilian! Deine Schönheit iſt nicht geboren, um nur Eine Stunde zu blühen. In meinen Augen kann ſie niemals verwelken, ſondern ſcheint, gleich der Blüthe der Citrone, nur um ſo

ſchöner zu werden, wenn ſie an der Seite ihrer
eigenen Frucht ſtrahlt.

Das Lob Deiner Schweſter zu verſinnbildlichen,
überlaſſe ich einem andern Munde — dieſer ſchildere
die wilde Jägerin.

Ende des fünften und letzten Bandes.

Druck von C. Roeßler in Grimma.